# 风从东方来

## 20世纪50年代苏联援华156项目史话

欧阳敏 著

四川少年儿童出版社

# 前言

1949年,新中国诞生之初,我国还是一个饱经战乱、经济极为落后的农业国。

中国近代工业化起源于1860年第二次鸦片战争后的洋务运动。李鸿章、张之洞等人通过吸收西方先进技术,建立起了江南造船厂、汉阳兵工厂等第一批造船厂、纺织厂、兵工厂。到1911年中华民国成立,中国商办、官办、官商合办及中外合办工业企业包括面粉厂、火柴厂在内,总共五百余家,这就是中国工业的家底。

在鸦片战争后的半个多世纪中,中国陷入半殖民地半封建社会的悲惨境地,军阀混战、民不聊生。1931年9月18日日寇发动"九一八"事变,强占中国东北,1937年7月7日发动全面侵华战争,中华民族陷入血与火的救亡图存战争之中。14年的抗战过程,中国国民经济遭到毁灭性的破坏。1945年抗战胜利,蒋介石国民党反动政权为消灭中国共产党，不顾天下民生，悍然发动全面内战，造成经济全面崩溃。到1949年，通货膨胀达到天文数字，国民经济濒临崩溃。国民党败退至台湾时，又将大量工厂机械拆走，不能拆走的就破坏掉。在上海解放前的几个月里，蒋介石动用军舰将大批机器设备、黄金银圆等向台湾转移，并诱逼大批技术人才去了台湾。1949年新中国成立时，中国共产党人面对的是一个千疮百孔的烂摊子。从衡量一个国家工业经济发展水平的几项主要数据看，1949年，全国工业净产值仅为45亿元，占国民经济比重只有12.6%；钢产量15.8万吨，居世界第26位，不到当时美国的五十分之一；发电量43亿千瓦时，居世界第25位；煤炭产量3 243万吨，居世界第9位；石油产量12万吨，尚不及美国27 035万吨的零头，主要石油产品均需进口；水泥产量66万吨，为印度的三分之一；粮食产量为11 318万吨，尚不足以解决4.5亿人的温饱问题；人均国民收入仅为27美元，不及亚洲平均水平（44美元）的三分之二，中国已经成为全球最贫穷落后的国家之一。

要建设强大的社会主义国家，让饱受战乱之苦的中华民族自立于世界民族之林，让中国人民过上幸福的生活，没有发达的现代化工业是不可想象的。中国的工业化之路怎么走？这是摆在以毛泽东为首的中国共产党人面前的一个严峻课题。

"十月革命一声炮响,给中国送来了马克思主义"。苏联共产党领导人民成功建设工业强国,给中国共产党人树立了学习的榜样。

"十月革命"前的沙皇俄国也是一个贫穷落后的农业国,工业经济仅占国民经济的30%。经过第一次世界大战和国内战争,旧政权给苏联留下的是一个经济濒于崩溃的烂摊子。国内战争结束后,苏联确立了实行重工业化的发展方针,即从机器制造业入手,拉动整体工业发展。1932年,苏联第一个五年计划完成后,国民经济大幅度上升,钢铁、机器制造、发电、煤炭、石油、铁路运输等工业综合产量已上升到世界第二位,工业发展速度居世界第一位。正是这一时期打下的重工业基础使得苏联在卫国战争中能迅速恢复工业生产,在乌拉尔山以东的战略腹地源源不断地生产出大批坦克、飞机、汽车、枪炮弹药,最终打赢了卫国战争。二战结束后,苏联国力全面强盛,成为唯一能抗衡美国的名副其实的世界强国。

新中国诞生之初,由于实行"一边倒"的对外政策,以美国为首的西方资本主义国家对中国实行军事上封锁、经济上禁运,要把新生的共和国掐死在摇篮里。同为共产党执政,与中共有千丝万缕联系且对中国友好的苏联,便成为中国医治战争创伤、恢复国民经济、发展工业的唯一援助来源。

援助中国是苏联在亚洲及远东的重要战略。二战结束后，以苏联为首的社会主义阵营及以后的"华沙条约组织"与以美国为首的西方资本主义阵营以及"北大西洋公约组织"，成为世界上两大敌对的政治军事集团。援助中国使其军事和经济强大可以增强社会主义阵营的力量，有助于抗衡美国，这符合苏联的利益。二战结束后，苏联在中国东北把持中东铁路，占据旅顺大连作为军事基地，海军舰队由此东出太平洋直接影响远东。从实际利益、地缘政治以及历史渊源的角度，苏联对中国这个世界人口大国和亚洲重要的政治军事大国的发展走向给予高度重视。

20世纪40年代末，中国局势极为复杂，中国共产党经过二十余年的艰苦奋斗，虽然逐渐成长壮大，但毕竟尚未取得全国政权，正在拼尽全力与国民党当局进行战略决战；国民党虽然政治上失信于民，军事上节节败退，但国民党政府毕竟还占有大半国土，尚有陆海空几百万大军，又有着美国等西方阵营的财政和军事援助，鹿死谁手尚难预料。另外，一旦中共真的取得政权，与苏联究竟会保持何种关系？是一心一意跟随和从属，还是在政治上寻求独立，与苏联离心离德，甚至在美苏之间保持中立？这些都是当时的苏联领导人斯大林在做出援助中共决定前需要面对的现实问题。另外，苏联与美国签订了《雅尔塔协定》，彼此承认对方的利益，如果苏联支持中共取代国民党政权，会直接触及美国的利益，美国对此会有何种反应？苏美会不会因此发生正面冲突？在与未垮台的国民党政府保持外交关系的情况下给予中共援助，在国际关系上会不会给人干涉他国内政的口实？这些问题互相纠结，是一道极为复杂的政治方程式。

作为世界大国的领袖，斯大林对援助中共极为谨慎，走一步看一步。从1947年对东北的铁道维修和军事援助开始，到1949年，派遣苏共中央政治局委员米高扬秘密访问中国，在西柏坡与毛泽东、刘少奇、周恩来、朱德、任弼时等中共领导人会谈；1949年4月接待秘密访苏的刘少奇并与之长谈，了解到中共将在政治上采取对苏友好的"一边倒"政策；在看清国民党政权一定会垮台，中共即将取得全国政权，美国对于蒋介石国民党政权也撒手不管的情况下，斯大林终于下定决心大力支持中国共产党。1949年，中华人民共和国成立后，苏联率先承认，双方建立了大使级外交关系，中苏两国关系掀开了新的一页。

1949年12月16日，中央人民政府主席毛泽东率团访问苏联，与斯大林会谈，中苏双方达成建立互助同盟的战略协议，苏联承诺给予中国大规模经济援助，派遣专家顾问帮助中国开展经济建设。

1953年5月15日，周恩来、李富春等中央领导率团与苏联政府在莫斯科签订苏联援助中国经济建设的协定。双方商定在1953年至1959年内，苏联用技术设备援助中国建设与改建91项工程，外加1953年4月以前苏方同意援助中国建设与改建的50项工程，共141项工程。

1956年，苏联又对中国追加援助导弹、原子弹等15项重大国防工程，由此成为奠定中国工业化基础的著名的"156项目"。1960年苏联撤走全部援华专家时，实际落实的工程项目有150项。其中包括民用企业106个，即冶金企业20个（钢铁工业7个、有色金属工业13个）、化工企业7个、机械加工企业24个、能源企业52个、轻工业和医药工业3个；军工企业44个（航空工业12个、电子工业10个、兵器工业16个、航天工业2个、船舶工业4个）。

"156项目"是苏联政府向世界各国提供援助中最大的综合性援助项目，也是中国接受世界各国援助中最大的综合性项目。尤其要看到的是，此时的苏联刚刚从残酷的卫国战争中走出来不过七八年的时间。卫国战争几乎全部摧毁了苏联欧洲部分的工业，很多大工业城市如莫斯科、列宁格勒、斯大林格勒、基辅等几乎被德军的飞机夷为平地。战争结束后，苏联人民在废墟上重建自己的国家，他们的经济基础并不牢固，他们的国家并不富裕，但为了援助兄弟般的中国人民，苏联政府尽了最大的努力。

数据是枯燥无味的，但数据最能说明问题。苏联援华的"156项目"价值94亿卢布，约占1959年苏联国民收入的7%；共向中国提供了31 440套设计文件，3 709套基本建设方案，12 410套机器和设备草图，2 970套技术文件，4 261个教学大纲，4 587项工业制成品的国家标准，以优惠价格为中国制造了211个仪器、设施和设备样品。除了工业设备等硬件外，苏联提供的图纸资料如果以知识产权的价值衡量，这些无形资产可以开出天价，但苏联只收了副本资料费。

"双方相互供应技术资料不付代价，仅支付用于支付各种资料副本所需的实际费用。"

（《中华人民共和国和苏维埃社会主义共和国联盟科学技术合作协定》1954年10月12日，见《中国共产党与156项目》，中共党史出版社2015年版）。

在向中国提供援助时，有相当部分的苏联高级领导人提出异议："苏联也刚刚结束战争，全国各地还在建设，到处都能看到战争留下的痕迹。我们也很困难。"他们希望能缩小援助规模和推迟援助时间，但在斯大林和赫鲁晓夫的坚持下，基本上都按照中国政府要求的项目和数量提供了援助。不可否认，斯大林和赫鲁晓夫在援助中国时，都是以苏联国家利益为最终出发点，但成千上万名苏联专家和工程技术人员却是全心全意为中国人民的建设事业倾尽全力的,虽然以后由于中苏交恶他们人走了,但却以高质量的工程和热情、细致、认真、勤奋的工作作风给中国同行留下了不可磨灭的记忆。

犹如人体的骨架与血脉,"156项目"的建设使中国初步形成了独立自主的工业体系,奠定了长远发展的基础,更重要的是,培养和锻炼了一大批国民经济建设的管理和技术人才。今天中国的钢铁、机械制造、电子、能源、导弹、核武器等产业都是在当年"156项目"基础上发展壮大的。"156项目"的实施,使中国在极短的时间内从落后的农业国一跃成为初步具有现代化工业体系的新兴工业国家。以钢铁工业为例,从1953年到1957年,仅花了5年时间,中国钢产量就达到535万吨。与世界其他工业国做一个横向对比,美国钢产量从1880年的127万吨提高到1892年的501万吨花了12年时间;英国由1880年的131万吨提高到1903年的511万吨,经过了23年时间;法国从1897年的134万吨提高到1923年的530万吨,则用了26年时间。也就是说,"一五"期间,我国钢铁工业5年所走过的路程相当于美国12年、英国23年、法国26年所走过的路程。

放眼世界,从一穷二白的农业国向能制造汽车、飞机、坦克、舰船的工业强国过渡,英国用了50年,德国用了35年,苏联用了20

年，中国只用了5年。更重要的是，这个工业体系成为以后几十年中国工业发展的基础。今天，中国的汽车工业产销已经是世界第一，但追根溯源，都是起步于苏联援建的第一汽车制造厂。今天，中国制造的先进战机已经翱翔于蓝天，但究其根底，也是起步于苏联援建的米格系列战斗机。今天，中国当家的轰炸机"轰6K"还是脱胎于当年苏联援助的"图16"。今天，大放异彩的中国东风系列导弹，其鼻祖就是苏联援助的P2导弹；扬威蓝天的红旗系列地空导弹，其源头就是苏联援助的"萨姆2"地空导弹。

"授人以鱼不如授人以渔"，当年苏联援助的"156项目"，既授予了我们"鱼"，也授予了我们"渔"；既帮助我们建设了项目，也为我们培训了成千上万的专业技术人才。上万名苏联专家在学校、在车间、在工地，手把手地教中国兄弟；多少年积累的教材、教学大纲，无偿地赠送、传授给中国兄弟，这是何等的感情。20世纪50年代初，中国经济发展水平和印度基本同步，有些甚至还低于印度。当时的印度被西方认为是"民主国家"，他们得到援助的途径要远远多于中国，西方资本主义国家和当时的苏联都曾向印度提供援助，但由于只授予"鱼"而未授予"渔"，没有成体系的援助，更没有系统的人才培训，结果中国发展的速度与印度相比，已经不可同日而语。看看今天，中国已经有完整的工业体系，而印度至今未建成完整的工业体系，这就是区别。

"156项目"是中苏两党两国关系发展过程中的重大历史事件，犹如一幕戏剧，有着序幕、发展、高潮、尾声等诸多过程，有许多值得反思和总结的经验教训。青山遮不住，毕竟东流去，随着历史烟云的飘散，中俄两国迎来了新的时代。

饮水不忘掘井人。许多老一代中国人对苏联"老大哥"怀有难以忘怀的感情。当年苏联专家和工程技术人员在援华过程中，勤勤恳恳、尽心尽力、忘我工作，与中国人民结下真诚友谊。他们帮助中国人民建设国家、发展国民经济所做出的贡献，中国人民将永志不忘。陈云同志曾动情地说："对于苏联人民给我们的援助，无论是革命战争年代给的，还是和平建设时期给的，中国人民都没有忘记，也永远不会忘记。"

# 目 录

**第一章 "利用一切可能的手段帮助我们的中国同志"**

  "给他们支援" …………………………………… 02

  科瓦廖夫到东北 ………………………………… 09

  林彪给斯大林的一封信 ………………………… 17

**第二章 米高扬密访西柏坡**

  终未成行的访问 ………………………………… 26

  斯大林伸到西柏坡的"耳朵" ………………… 39

**第三章 巨人的握手**

  刘少奇访问莫斯科 ……………………………… 56

  巨人的握手 ……………………………………… 74

**第四章 "156项目"**

  "5·15协定" …………………………………… 88

  赫鲁晓夫与"156项目" ……………………… 104

  "156项目"的历史变迁 ……………………… 118

第五章　中苏签订"国防新技术协定"

　　赫鲁晓夫给毛泽东送"大礼"……………………………… 124
　　我们也要搞一点原子弹………………………………………… 129
　　国防新技术协定………………………………………………… 133

第六章　风从东方来

　　莫斯科—北京…………………………………………………… 142
　　我的心一半留在了中国………………………………………… 144
　　"达瓦里希"毛泽东……………………………………………… 161
　　苏联专家在东北………………………………………………… 163
　　高、精、尖武器起步…………………………………………… 173
　　试制"歼5"喷气式战斗机……………………………………… 181
　　试制"03型"潜艇……………………………………………… 188
　　现代测绘与原子防护…………………………………………… 193
　　第一汽车制造厂………………………………………………… 195
　　西林与武汉长江大桥…………………………………………… 212
　　武汉钢铁公司…………………………………………………… 230

第七章　裂痕—分裂

　　裂痕—分裂……………………………………………………… 238
　　阿尔希波夫谈中苏分裂………………………………………… 255
　　真诚的朋友……………………………………………………… 266

# 第一章
/ "利用一切可能的手段帮助我们的中国同志"

## "给他们支援"

1947年，东北民主联军秋季攻势刚刚结束不久，部队还没来得及好好休整，转眼间，北风呼啸而至。风越刮越猛，越刮越冷，早上起来不经意间发现，已经是漫天雪花，纷纷扬扬，昨天还是硝烟弥漫的战场，现在已是一片晶莹洁白，滴水成冰，东北的严冬降临了。

中国共产党人并未因为天寒地冻而减慢向敌人进攻的步伐。12月15日，东北民主联军第2纵队与第10纵队一部突然包围法库；第7纵队由郑家屯南下，准备协同第2纵队攻取法库；第1、第3、第6、第7纵队分别向法库、新民、铁岭、沈阳前进，准备阻击由沈阳出援的国民党军；第10纵队主力进抵昌图、开原地区，担负侧击任务；第4纵队主力直逼沈阳。

在毛泽东的直接指挥下，林彪、罗荣桓率领数十万东北民主联军（1948年1月改称东北人民解放军），如同冬季凛冽的寒风，向四平至大石桥、锦州至沈阳铁路沿线国民党军发动了大规模的冬季攻

势。激烈而残酷的战斗在白山黑水间展开。到1948年3月，连遭失败的东北国民党军被歼灭三十多万，丢失城市77座和绝大部分农村，被迫困守在仅剩的锦州、沈阳、四平、长春、吉林等28座城市。而共产党军队控制区的面积已占全东北的97%，人口达到86%。东北人民解放军则发展到12个纵队、1个炮兵纵队、1个铁道兵纵队、17个独立师加地方部队，总数已过百万。国共两党在黑土地上的力量对比，已经发生了根本性的变化。

1948年初春，和风荡漾，绿色覆盖着远近的山山水水。从延安转移到西柏坡已经有些日子了，毛泽东脱掉厚重的棉大衣，两眼紧盯着挂在墙上的军用地图，陷入深深的沉思。经过1946年的困难，1947年全国战局出现大转折，东北的林彪占据了关外90%以上的地盘，部队发展到百万；中原的刘伯承、邓小平大军顺利挺进大别山，像把刀子顶在蒋介石的腹部，牵扯了他大量的部队，彻底瓦解了他所谓的"全面进攻"和"重点进攻"。华中的陈毅和粟裕、西北的彭德怀和习仲勋每个月都歼敌数个旅，国共两党的力量天平开始倾斜。

在对全国战场形势做出总体审视后，根据"建立巩固的东北根据地"的战略决策，毛泽东决定与国民党反动派进行大规模的战略决战，首战就定在东北。如果一战拿下东北，不仅可以将蒋介石在东北的55万大军挡在关外"关门打狗""瓮中捉鳖",我军还有了稳固的战略后方。东北紧挨苏联,"苏联是世界革命的灯塔",是中国人民的好朋友,我们将来的建设发展也可以更方便地依靠这个"老大哥"了。在西柏坡的那个小山村里,滴滴答答的电波将最高统帅的决策和部署,持续不断地发送到林彪、罗荣桓在哈尔滨的指挥部。

接到毛泽东的电报,林彪、罗荣桓感觉到巨大的压力。东北野战军分别集结在北满和南满的几个战略要地,按照毛泽东的意图,要打前所未有的大仗,全歼国民党在东北的几十万大军。如此大的战略行动,首先需要拿下关内外的门户锦州。锦州距离北满的长春、哈尔滨有一千多公里,兵马未动,粮草先行,上百万部队的调动与后勤物资集结成为战役成功的先决条件,公路运输需要成千上万台汽车,东北野战军除了缴获的数百辆拉炮的汽车外,就再也没有别的汽车了。部队集结只能依靠铁路,但摆在他们面前的铁路系统是一个什么样的烂摊子啊!

东北的铁路网要密于关内,但四平保卫战后,我军退入北满,为了迟滞敌人的追击,我军将哈尔滨以南的铁路线以及桥梁、涵洞、车站等铁路设施全部炸毁。1947年,我军发起秋季攻势和冬季攻势,败退的国民党军为迟滞我军的进攻,又将1 500公里的铁路

桥梁以及铁路编组站、车站、机务、电务、给水、信号设施破坏殆尽。交通设施的毁坏，使得部队的调动和物资的集结遇到了巨大困难。修复铁路系统需要大批专业技术人员，这是我军在短时间内无法解决的难题。经过商议，中共中央决定致电斯大林，向他提出派遣专家和技术人员帮助恢复铁路交通的请求。

苏联—莫斯科—克里姆林宫。二战结束后，深居简出的苏共中央总书记斯大林就在这里工作和生活。经过第二次世界大战，斯大林的威望如日中天，全世界各国共产党人都仰视着克里姆林宫的这位伟人，都希望自己的事业能得到他的帮助。

面对复杂多变的世界局势，斯大林一只眼睛盯着欧洲，时刻警惕以美国为首的西方资本主义军事集团的动向；一只眼睛盯着广袤的亚洲大陆，那里正在发生足以改变世界政治版图的大变局。中国是亚洲面积最大、人口最多的国家，对世界局势有着举足轻重的影响。中国共产党如果取得全面的胜利，将改变亚洲政治版图，苏联领导人必须认真考虑中国革命胜利的战略意义。

美国和苏联在那个东方大国都有着巨大的战略利益，美国支持国民党人，苏联支持共产党人。但苏联政府又和国民党政府有着正式的外交关系，支持中共既不能给人口实，还不能和美国正面冲突，要处理这变幻莫测的局面，需要高超的外交手腕。苏联时刻关注着东方大国发生的变化，为保证苏联利益的最大化决定着苏联的行动。为此，斯大林派出特派员奥尔多夫到延安，以医生的身份随时与毛泽东保持联系。当时，中国共产党和国民党的军事较量正处于白热化，短时间内还看不出胜负，但在与苏联接壤的中国东北，却有着苏联直接的战略利益：中长铁路（又称中东铁路），以前是沙俄与日本争夺的焦点，二战日本战败后，苏联独自占有这条运输大动脉，这是沙俄遗留给苏联的利益。另外，苏军驻扎的旅顺军港是苏联在东方的不冻港，这里虽然是中国的土地，但根据《雅尔塔协定》，远东属于苏联的势力范围，也是太平洋舰队的出海口，这也是苏联的利益。1945年8月14日，在苏联的压力下，国民党政府和苏联政府签订了《中苏友好同盟条约》，通过这项不平等条约，苏联在中国得到的利益有了法律保障。

但局势发展变化之快，连斯大林也没有料到。1947年以来，中国共产党军队将国民党军队打得丢盔弃甲。从1947年7月到10月，中共领导的人民解放军歼敌38.5个旅，共45.2万人，俘虏了国民党53名将军。1947年12月，毛泽东在给斯大林的一封电报中强调："中国革命形势将发生根本变化，革命战争已经转入反攻阶段，这是一个历史性的转折点。"

从意识形态的角度看，中国共产党取得的胜利是令人鼓舞的；

从地缘政治的角度看，也符合苏联利益。斯大林在苏共中央的会议上说："中国人民解放军顺利地解放了新的城镇和地区，经过磨难和斗争，中国人民正在建设一个新的反帝、民主的中国。我们的工作就是利用一切可能的手段帮助我们的中国同志。"

在援助东北解放区方面，苏方信守诺言。首先是积极开展与东北解放区的贸易。要建立巩固的东北根据地，首先需要解决的就是修复战争造成的物资匮乏和经济衰败的局面。稳定社会，恢复生产，保障供给。中共东北局认为，要解决这些问题，不是向别人伸手要，而是要与苏联开展贸易，搞活经济。1946年12月21日，应中共方面请求，经苏共中央批准，苏联方面与东北行政委员会开展谈判并签署了贸易合同。1947年4月，苏方在松花江上开辟了一条航线，苏方轮船公司派出一批轮船在松花江的港口与苏联哈巴罗夫斯克、布拉戈维申斯克、共青城之间开辟定期航线，北满根据地以粮食和煤炭向苏联方面换取军需物资、民用产品，解决了军队供给、民用生活、稳定物价和发展生产等一系列问题。1947年，双边贸易额9 300万卢布，1948年15 100万卢布，1949年20 500万卢布。那时候，松花江成为解放区重要的物资输送通道。夏天，一艘艘轮船川流不息；冬天，河道结冰后则是不见首尾的汽车队。大量的物资如同血液输入人体，为东北根据地的经济稳定和发展奠定了重要的基础。

其次，是利用苏方占据的旅顺、大连地区为中共服务。1945年8月22日，苏军占领旅顺、大连，国民党的势力被完全驱除。在中共的交涉下，除了外交、铁路和港口不让中共插手外，地方政权和主要经济部门的实际权力完全交给中共。苏方向中共移交了大连钢铁厂、大连化工厂、大连纺织厂、金州纺织厂和数个机械厂，在苏联外贸部门的帮助下成立了盐业、电业、造船、石油等4个中苏合营公司，其中电业公司在恢复东北解放区的电站、电网、电话通信方面给予了巨大帮助。1948年以后，苏方将盐业和电业两个公司全部转交中共。旅顺、大连实际上成为中共的后勤物资生产供应基地。解放战争期间，这里向前线提供了30万套军服、235.5万双军鞋、50万发炮弹、80万枚引信、450吨无烟火药、1200门迫击炮以及大量军需产品。对中共的这些需求，苏方采取默许甚至鼓励的态度，并提供各种方便。大连港务局原党委书记王伟回忆：当年，苏联方面不允许国民党的船只靠港，却允许我们解放区的船只装卸运输物资，解放战争时期，几乎每天晚上我们都在码头向解放区运送军用物资和弹药。

现在，中共要完全解放东北，东北民主联军（后改称东北人民解放军）请求支援技术人员修复铁路，斯大林迅速做出决定：给他们支援。

### 科瓦廖夫到东北

在《苏联军事大百科词典》中,科瓦廖夫被称为"后勤权威",在国家最困难的时期,他通过出色的工作,保障了兵力和物资的运输与调配,为苏联赢得卫国战争胜利起到了关键作用。

20世纪30年代,日本的扩张战略中有以下思路:一个是北进战略,即将苏联作为主要假想敌,向北进攻西伯利亚;一个是南进战略,即以美国、英国为主要假想敌,向南进攻南洋群岛。日本陆军主张北进战略,而日本海军则主张南进战略。究竟采取哪一种战略,直接关系到日本把军事力量的重点部署在哪个方向,为此日本陆军和海军之间争得非常厉害。一直主张"北进战略"的日本陆军,积极准备对苏联进攻。1939年,中日战争已进入相持阶段,日本陆军认为可以在中国东北集中兵力与苏联进行"武力侦察"式作战,于是挑起了"诺门坎事件"。诺门坎位于中国内蒙古自治区与蒙古国交界地区。1939年5月12日,日本关东军第23师团师团长小松原道太郎中将率部向驻守在这一带的苏军第57特别军(后改为第1集团军)发起攻击。战役初期,苏军接连失利。当时苏联西边的欧洲正处在战争前夜,德国法西斯张牙舞爪,斯大林感觉到了希特勒的战争野心,并开始着手防御。如果让日本人在东部边境得手,苏联将面临东西两面受敌的不利局面。斯大林认为，必须坚决粉碎日军的进攻，否则后患无穷。他决定给日本人一个狠狠的教训，派出有"常胜将军"之称的朱可夫担任前线57特别军军长。

根据战局需要，朱可夫要调集11万部队和大量的坦克、火炮、飞机合围哈拉欣河前线的日军，但仅有的铁路线和车站根本无法将大量的兵员和装备运到前线。朱可夫强烈请求斯大林派遣一位"库图佐夫式的将领"来为他解决后顾之忧。斯大林将这个任务交给了科瓦廖夫，让他坐镇远东，全力保障援蒙战略物资的运输。

科瓦廖夫是苏军后勤战线杰出的组织者和指挥者，时任红军军事交通局局长。受命赶赴前线后，科瓦廖夫根据前线铁路现状，创造性地提出"转运蜘蛛网"的工作方式，即不再将前方的索洛维耶夫斯克站锁定为唯一的部队下车地点，而是将周围多座火车站都作为部队下车地点，然后用汽车将官兵和物资送往蒙古前线，以解决火车站拥挤和装卸设施不足的问题。同时调派铁道兵部队，紧急修建大量临时军用铁道，短时间内连续向前线运送了57 000人、542门火炮、498辆坦克、385辆装甲车和515架飞机。

1939年8月20日5时45分，苏蒙联军以150架轰炸机、几百门火炮向日军前沿阵地、纵深炮兵阵地及部队集结地实施了猛烈的轰炸和炮击，几天之内，日军第23师团75 000人几乎全军覆灭，伤亡和

被俘61 000人，损失660架飞机，伤亡率高达80%，仅有2 000余人逃走。面对惨重的损失，日军被迫向苏联求和，历时近4个月的哈拉欣河战役以苏蒙军队的完胜告终。科瓦廖夫的后勤指挥才能，尤其是前线铁道指挥修建才能得到了充分的发挥。以后在抗击德国法西斯的卫国战争中，科瓦廖夫再次发挥后勤指挥才能，在极端困难的条件下，确保了苏联军事运输畅通，被斯大林称为"为胜利提供保险的人"。

1948年5月13日，经苏联部长会议主席团讨论通过，5月15日，斯大林签字批准，苏联部长会议正式下达5970号令，委派时任苏联交通部副部长的科瓦廖夫作为苏联交通部实施援助修复中长铁路各路段并恢复工作机构的全权代表，率领苏联专家和技术人员前往中国东北，支援中国人民的民族解放事业。这是解放战争以来，苏联第一次成规模地向中共派遣专家和技术人员（在第一次国内革命战争期间和抗日战争期间，苏联也曾向中国军队派遣过大批专家和顾问）。

出发前，斯大林在克里姆林宫接见了科瓦廖夫，他给科瓦廖夫看了毛泽东的信。斯大林说："我们当然要给予中国同志一切可能的援助，如果社会主义中国胜利，其他一些国家也将走上这条道路，那就可以认为社会主义在全世界的胜利有了保障，我们就不会受到任何偶然事件的威胁。因此，为了援助中国共产党人，我们不能吝惜力量和金钱。"他还说："期待您在新的岗位上做出同样精彩的成绩，祝您在那里胃口好。"（这是苏联人常用的祝福语）

1948年6月初，科瓦廖夫以苏联经济专家组组长的身份，带领一个由50名工程师、52名技师、220名技术人员和熟练工人组成的专家组，携带修复车、起重机和所需的铁轨、桥梁构件等机械设备来到哈尔滨，和中长铁路（即此前的"中东铁路"）苏方代表、铁路局长茹拉夫廖夫一起与中共东北地区的军政领导人林彪、罗荣桓、高岗等人展开了紧密合作。

根据毛泽东的设想，东北野战军首战必须拿下关内通往关外的门户锦州，形成"关门打狗"的战略态势，力争把东北国民党军几十万人全部就地歼灭。那就需要将几十万大军和堆积如山的粮草弹药运送到锦州前线。要做到这一点，铁路必须保持畅通。

苏联铁路专家组首先帮助建立了铁路管理局和铁道特种部队，并对被破坏的重要铁路路段进行了仔细勘察，确定首批需要修复的铁路干线总长度为1 800公里。

1948年，东北人民解放军已经设有东北铁路总局，副司令员吕正操出任总局局长兼政治委员。东北人民解放军下辖一个铁道团，专门负责线路的维修、养护。但面对从哈尔滨、长春、吉林到锦

州、义县一千多公里被破坏得支离破碎的铁路线,数千人的铁道团远远不够用。科瓦廖夫和总工程师多罗宁向中共东北局提出,要采取"庞大的组织措施",成立专门负责铁路维修的铁道纵队。他们的计划得到东北铁路总局批准并立即实施。这些措施为:

1.在运输部下设修复工作局和各铁路分局下设修复处;

2.成立由3万人组成的铁道兵,辖4个旅、12个专业营和6个独立连,配备相应的装备、器械和工具。这些装备、器械和工具一部分是东北就地解决的,一部分是从苏联运来的;

3.建立供应和采购机构与基地,保证修复工作所必需的枕木、木材、金属制品、路轨零件和小工具的供应;

4.在哈尔滨机车修理厂建立了专门的桥梁供应基地,以修理和制造金属桥梁构件和专门的桥梁装备。桥梁供应基地还按照苏联专家的方案制造出80吨的吊臂起重机。在哈尔滨还建立了专门的军械修理厂,为铁道部队修理和制造工具与装备。

1948年7月至8月,东北野战军的铁道团扩编成铁道纵队,从地方铁道部门吸收了员工1 200人,新调入8 500人。

铁道纵队成立后,立即投入到通往沈阳、长春、锦州铁路的抢修工作中。几乎每个抢修点都活跃着苏联专家的身影。在苏联专家的指导和铁道兵战士们的努力下,这几条铁道生命线被迅速开通,大量的人员和物资源源不断地运送到了锦州前线，确保了锦州之战的后勤供应。

李越然，1927年出生，黑龙江人。1946年从苏联学习回国。1948年在中苏友协工作，不久转至东北铁道部部长室任俄语翻译，新中国成立后在中央办公厅担任首席俄语翻译，为毛泽东和中央其他领导人的外事活动及各种重要会谈、国际会议做译员，并长期参加党中央、国务院重要文献的中、俄文翻译、审订工作。李越然在其回忆录《中苏外交亲历记——首席俄语翻译的历史见证》一书中对科瓦廖夫率领的苏联专家组援华的这段历史有详细的记载：

> 这些专家到了哈尔滨之后，除了内部有他们的组织系统外，主要是在东北铁路工程总局和铁道纵队司令部的统一指挥下同中国的广大指战员一起，参加铁路的技术勘察……当时有相当多的铁路遭到了破坏，在这种情况下，除了靠我们自己的力量外……还需要有经验的苏联朋友们来帮助我们做技术工作……到了1948年6月、7月间，苏联专家就直接投入到辽沈战役发动前的铁路修复工作中。
>
> 1948年7、8、9三个月，我作为翻译，和这些参加铁路修复工作的专家们共同生活、共同工作，彼此很熟悉，合作也很好。每个小组都是从哈尔滨出发。有一节专列，专列上还携带

了一部大卡车，因为沿途有一些仪器要携带，司机也是苏联朋友。这几个月里，我们前前后后往返前线四五次，每次都有十天半个月，我们到过彰武、新立屯、新阜新，最远到了前线阵地——义县。

跟我们一起活动的苏联专家很守纪律。有一次我们坐上卡车路过阜新一个乡村，开车的司机叫瓦西里，不小心碰倒了一些高粱。西马果夫狠狠地批评了他：你知道吗？这是农民全年的劳动，就快要收获了，你这么不慎重，这行吗？这是对农民的不尊重不负责任的态度，你要好好地做自我批评。你必须赶紧下车把这些庄稼扶起来，重新用土培好。

（《中苏外交亲历记——首席俄语翻译的历史见证》，世界知识出版社2001年版）

科瓦廖夫与专家组成员一起，运用自己丰富的战场经验，协助东北野战军司令部实施铁道线路修复工作。到战役发起前，东北解放区铁路的累计通车里程达到5 818公里，占东北铁路总里程的98%，修复机车885台，中型桥梁62座。在当时的条件下，没有苏联的物资供应和苏联专家的精心组织和技术指导，短时间内完成如此艰巨的工作是不可能的。铁路的抢通运营，及时保障了东北野战军的集结和运送，保障了辽沈战役的顺利进行。

1948年9月12日，辽宁义县至河北滦县三百余公里战线上炮声震天，东北野战军向国民党守军发起进攻，一路摧枯拉朽，切断了北宁路，孤立了锦州。辽沈战役拉开序幕。9月15日攻克锦州，全歼守军十万余人，俘虏国民党东北"剿总"副总司令范汉杰及第六兵团司令官卢浚泉；10月17日，困守长春的国民党军第六十军军长曾泽生率部2.6万余人起义投诚；21日，长春宣告和平解放；从10月29日起，东北野战军乘胜东进，先后解放了新民、抚顺、辽阳、鞍山、海城等沈阳外围据点；11月2日，东北最大的重工业城市沈阳宣告解放，守军13万余人全部被歼，同日，营口解放。至此，辽沈战役宣告胜利结束，东北全境解放。东北野战军完成了党中央和毛泽东交给的任务，科瓦廖夫完成了斯大林交给的任务。

辽沈战役期间，铁道指战员提出了"解放军打到哪里，铁路就修到哪里，火车就开到哪里"的口号。整个战争过程，没有发生一起因为铁路问题造成军事行动受困的事件。中共中央和中共东北局对科瓦廖夫和茹拉夫廖夫的工作给予高度评价，专门致函斯大林表示感谢，并决定对苏联有功人员颁发奖章，赠送科瓦廖夫和茹拉夫廖夫每人一部缴获的轿车和其他礼品，但都被苏联方面一一谢绝了。

1948年12月16日，带着胜利的喜悦，科瓦廖夫回国述职，苏联

专家组留在中国,为东北野战军出关继续抢修铁路。除了关于铁路修复的情况外,科瓦廖夫还向斯大林报告了中共中央请求进一步提供帮助的情况。

斯大林对科瓦廖夫的工作很满意,他意味深长地说:"您现在是中国人的亲密战友了,这很有好处,或许您不久后还会踏上那片神奇的土地。"

## 林彪给斯大林的一封信

苏联专家的工作为辽沈战役的胜利做出了巨大贡献,也使中共中央和中共东北局认识到,在解放战争和战后的建设中,需要更多的苏联专家。或许科瓦廖夫不知道,在辽沈战役开战的同时,中共中央就已经考虑到辽沈战役以后解放军挥师入关的问题了。

1948年9月,中共东北局书记、东北人民解放军司令员林彪通过苏联驻哈尔滨总领事馆总领事马里宁交给斯大林一封信,再次请求苏联政府提供帮助。

斯大林同志:

我们高兴地告诉您,经过两年作战,在中国东北,我们已经解放4 200万人口。敌人被迫缩小自己的地盘,把力量集中在长春、奉天、锦州和其他一些大城市里,这些城市已被我军包围,处于彼此隔绝之中。我们相信,我们即将取得全部胜利,我们在解放区已经着手建设新生活:已经实行了土改,正在恢复铁路交通和工业生产。在过去两年时间里,我们花了很大力气,恢复了几座林业、纺织、造纸和食品工业工厂,恢复了许多煤矿,采金企业也开始工作。

我们衷心感谢您在恢复遭受破坏的中国东北铁路的事业中所给予的大力援助。所派来的以科瓦廖夫同志为首的苏联铁路专家组帮助组建了恢复工作管理局和专门的铁道兵兵团。首批部队组建工作业已结束,部队正着手恢复被毁的铁路、桥梁,同时还进行专业训练。

在您派来的专家的领导下,我们对重要的遭毁坏的铁路线段进行了详细的技术勘察,确定了遭受毁坏的程度和修复的工作量,还确定了所需建材、设备和劳力数量。要修复的重要的被毁线路总长1 800公里。

仅修复东北主要铁路线段就需近1 800公里钢轨,250万根枕木,3 500吨道钉,1 000吨电话线,3 000吨修复桥梁用钢筋,以及其他技术物资和通信仪器,信号装置,给水装置,机车——车厢库。仅边疆区铁路所需金属总量就近20万吨。为完成1948年的修复任务,所需钢轨我们打算通过拆卸不重要的路段钢轨

来弥补。道钉完全没有保障，今年所需2 500吨，我们手中仅有100吨，而且我们没有组织生产。枕木和木材我们发动地方上准备。

我们深感金属、设备、复杂的交通仪表和工业仪表短缺。所恢复的工业企业由于缺少训练有素的干部、专门设备和材料，生产能力很低，现在只能部分保障战争和居民所需。黑色和有色冶金、炼钢、化工、机械制造和其他重要的工业部门，由于没有当地专家和设备，至今仍未恢复。

为了保障日益增长的前线、铁路交通以及居民所需，我们必须恢复和使用作为我们经济基础的集中在通化、鞍山的冶金和炼钢工业企业，安东和吉林的有色金属和化工企业。建在松花江上的最大的吉林水电站竣工后将能够保障广泛利用其电能。在哈尔滨市，在保存下来的原日本机车制造厂主厂房的基础上，可以迅速组织生产现在恢复交通和恢复工业所需要的工具和设备。解决这些最重要的任务，我们至少要花两年时间。为此需要制定相应的东北国民经济恢复计划。为了这一伟大的工作，我们缺少有经验的干部。

我们请求您派一批专家来，全面研究我们的经济并与我们共同制定统一的主要工业部门的恢复和使用计划。为了尽快培养自己的专家干部，我们请您同意大大扩大现有的中长铁路工业学院，并在您的帮助下扩大教师队伍……

林 彪<br>1948年9月8日

（摘自《党的文献》2002年第1期、第2期"关于建国前夕苏联对华经济援助的部分俄国档案文献—2"）

林彪的来信以及科瓦廖夫的报告，使斯大林陷入深深的沉思。远东那片神奇的土地正在发生深刻的变化，中国共产党人在长达二十多年的革命斗争中，正在逐步走向最后的胜利。一个共产党领导的新中国即将诞生，这将给远东、亚洲乃至全世界带来震撼，苏联的东方将有一个新的伙伴，在保证苏联的世界战略和亚洲及远东利益的前提下，与毛泽东领导的新中国发展紧密的关系符合苏联的利益。他从嘴里拔出烟斗，喷出一团浓浓的烟雾，像是对科瓦廖夫说，又像是自言自语：对！我们应该帮助他们。

1948年12月16日，苏联交通部和外交部也就关于援助恢复满洲交通给苏联部长会议副主席莫洛托夫写出报告：

……我们认为宜于采取以下措施：

1.从大连储备的中长铁路的车辆中抽1 500节货运车厢，30台机车，130节客运车厢给满洲民主政权；利用日本留在大连的

车辆半成品在大连机车车辆修理厂为满洲铁路建造1 000节货运车厢。此外,从远东铁路战利品中,抽86台机车和1 000节车厢交给满洲民主政权。

2.批准中长铁路苏联管理部:(1)从远东区派出修理系专列到条约区界限以外的中长路段进行修复工作;(2)在大连中长路工厂为满洲铁路修复车辆和生产设备;(3)在石河站(条约区边界)同满洲铁路交换车辆;(4)给满洲再派170名铁路员工。

(摘自《党的文献》2002年第1期、第2期"关于建国前夕苏联对华经济援助的部分俄国档案文献—2")

12月17日,葛罗米科向莫洛托夫提出自己的几点意见:

1.……我认为,对于满洲民主政权的这一要求应当给予某种程度的满足。但这一申请还不详细,有许多地方还不清楚到底需要哪些专家,我认为必须征求林彪的意见,订正上述申请,然后才好决定,在多大程度上满足中国同志的这一请求。

……

4.高岗在今年10月16日给斯大林的信中,要求为满洲纺织工业提供2万吨棉花。根据米高扬同志的指示,这一申请已纳入对满洲的出口计划,该计划将由对外贸易部提交苏联部长会议批准。

5.高岗于12月9日拜访了当时在奉天的雷斯科夫同志,请求保障鸭绿江上的电站（以前已交给朝鲜）也为满洲所用。我认为，中国同志的这一要求应该给予重视……

（《1948年12月7日葛罗米科给莫洛托夫的报告》，摘自《党的文献》2002年第1期、第2期"关于建国前夕苏联对华经济援助的部分俄国档案文献—2"）

几天后，莫洛托夫向斯大林报告，请求延长科瓦廖夫带往中国的铁路专家小组在华工作时间。

苏联交通部长佐林认为：

为解放区铁路提供技术援助是完全可能的，……我认为，可以满足满洲民主政权的这一请求。

（摘自《党的文献》2002年第1期、第2期"关于建国前夕苏联对华经济援助的部分俄国档案文献—2"）

这些请示，都得到了斯大林的批准。

在最初援助中国共产党人的苏联高层里，科瓦廖夫是很下心思的，用中国民间俗语说，是很够哥们儿的。毛泽东、刘少奇等人在往来的电报里都称他为"柯兄"，足见对他的喜爱和尊敬。他回国后不久在给斯大林递交一份报告后，1949年1月5日，又向斯大林转交了第二份报告，详细列出了需要提供的设备、物资以及所需专家的人数和专业明细。

当然，也不都是赞同的声音。在部分苏共高层人士的眼中，此时共产党领导的新中国尚未成立，中共还没有取得国家政权，苏联的利益如何确保？如原来和国民党政府签订的中长铁路的法律问题和大连港的地位问题怎么解决？

这些问题也是斯大林心中的疑虑。与中国同志建立紧密的同志关系，全力援助他们没有问题，但还有一些尚待明确的问题，尤其是尚待中国同志认可的问题，要听听他们，尤其是毛泽东同志的想法和要求，这需要认真思考。

斯大林在思考，远在河北省平山县西柏坡的毛泽东也在思考。毛泽东认为，苏联是世界上通过革命成功建立的最早的社会主义国家，有几十年无产阶级专政和国家治理的经验，现在已经是世界上唯一能与美国抗衡的强大国家。在几十年的革命过程中，中共一直和苏共主导的共产国际保持着紧密的联系，中国革命的成功离不开苏联的大力支持。为了向苏联同志讲清楚中国革命发展的具体情况和需要的帮助，中共需要派人到莫斯科面见斯大林。早在1947年，中共中央主席毛泽东已经数次通过奥尔洛夫联系斯大林，希望去莫斯科访问。

斯大林仍然在思考：毛泽东来访的请求都被自己以各种理由推托而未能成行。现在，中国革命取得了很大的胜利，在莫斯科接待这位中国领袖是势在必行,但遥远的东方,这位农民出身的毛泽东究竟要和我谈些什么呢?中共准备以什么姿态参与当前世界格局呢?苏联和中共究竟要建立一种什么样的关系?这关系到苏联在远东在亚洲甚至在世界的战略利益。

中国共产党现在已经将中国东北握在手里,林彪的百万大军即将挥师入关,从当前战局发展态势看,中国共产党人继续取得胜利应该不是问题。但中国毕竟还有数条横贯东西的大河,如黄河、长江,没有海空军的中国人民解放军在面对国民党军海空阻击时将会遇到很大困难。苏联与国民党政府有正式的外交关系,1945年双方签订了《中苏友好同盟条约》,蒋介石承认了外蒙古从中国分离出去的现实,同意大连地区被苏联租用,这都是实际利益,如果中共接管政权,他们会如何看待这些问题呢?另外,蒋介石政权得到美国的援助,如果在蒋介石的请求下,美国武装干涉解放军接管中国,而我们又公开大规模援助中共,那将会导致把苏联推到与美国直接对峙甚至发生冲突的危险局面。想到杜鲁门那张略显阴郁的脸,斯大林停下来,挥了挥缭绕在身边的烟雾。全面援助中共的问题,应该直接与毛泽东谈,但在搞清楚中共的明确态度之前,毛泽东来莫斯科的时间最好再推一推。或者我们先派一位政治局委员到他们那里,听听毛泽东怎么说。

# 第二章

/ 米高扬密访西柏坡

### 终未成行的访问

1949年1月30日清晨,华北石家庄机场。太阳刚刚露脸,给冰冻的大地洒上一抹金黄的阳光。

今天是农历正月初二,虽然许多城市、农村都有噼噼啪啪的鞭炮声,但这里却静悄悄的。自从解放军攻占华北以来,石家庄机场基本处于停飞状态。解放军没有飞机可以飞,国民党的飞机过不来。可今天气氛不同,从昨夜开始,机场周边警戒森严,三步一岗五步一哨。机场塔台也有人员出没,几台无线电台不停地在呼叫。7点刚过,一架飞机呼啸而至,在空中盘旋了两圈后,稳稳地降落在地面。早已守候在候机楼里的中共中央书记处书记、中国人民解放军总司令朱德和中共中央书记处书记任弼时,以及中共中央政治局秘书室主任师哲和警卫局汪东兴等人快步迎向飞机。是什么尊贵的客人,需要中共中央两位书记驱车上百里到石家庄机场来迎接?

这架飞机的乘客非常特殊,一位是苏共中央政治局委员米高扬,一位是苏联铁道部副部长、负责恢复东北铁路的科瓦廖夫,再

一位是翻译，还有一名警卫。一行四人受苏共中央和斯大林委派，专程到中国解放区来见毛泽东以及中共中央书记处的全体成员，听取他们关于中国革命发展和对苏联的要求与建议。

阿纳斯塔斯·伊凡诺维奇·米高扬，亚美尼亚人，苏联著名政治家，苏共中央政治局委员、部长会议副主席。

1949年1月26日，米高扬一行从莫斯科启程，途经远东的赤塔到达中国旅顺的苏军基地。休息两天后，1月30日天亮前从旅顺起飞到达石家庄。任弼时1921年曾在莫斯科东方劳动者共产主义大学学习，1938年前后，他又作为中国共产党驻共产国际代表团团长在莫斯科工作了很长时间。在莫斯科，任弼时与苏联政要，包括米高扬有过接触，虽然已经是十几年前的事，但彼此还有些印象。

米高扬走出机舱，与朱德、任弼时等前来迎接的中共领导人热烈握手、拥抱，当他向朱德、任弼时等人介绍铁道部副部长科瓦廖夫时，朱德高兴地握紧科瓦廖夫的手说："啊，你就是铁道专家啊，久闻大名！你为辽沈战役立了大功，我谢谢你，中国人民谢谢你。"

一行人分乘几辆美式中型吉普车离开机场，在坑坑洼洼的土路上颠簸了近6个小时。这里早已是解放区，正月初二正是在中国人的春节期间。车队经过村镇时，看到一些农家的门上和窗户上都贴着春联、窗花，有的村庄里还传来欢庆的锣鼓和鞭炮声，任弼时向客人介绍，这是中国人过新年的方式。米高扬对东方民族的民俗产生了极大兴趣，以至于几次要求停车，来到欢乐的群众中间。虽然米高扬的西柏坡之行属于高度机密（为了保密，米高扬化名为安德列夫），但在那个时候，通讯工具极为落后，在近乎与世隔绝的中国农村，来了几个外国人，谁能说清他们是哪国人？口口相传的信息传递方式也无法让几千里之外的蒋介石和美国人知道。

13点左右，吉普车停在西柏坡一个农家大院门口，毛泽东、刘少奇、周恩来到大门口迎接。中共中央所在的这个农家大院分前后两部分。前院从东到西分别是周恩来、任弼时、毛泽东、刘少奇、董必武等人的住处。大院的北端是朱德的办公室、会客室和休息室。后院西北角的四间小房，是中国人民解放军总部和中央军委作战室。毛泽东和他的战友就在这些小平房里，指挥了同国民党军队的战略决战，取得了三大战役的胜利。

米高扬和毛泽东都是久闻对方的大名。第一次见面，双方互相对视了一阵，毛泽东身材高大，脸色黑红，眼神坚毅稳重，一身厚重的棉袄显得有些土气，与米高扬和科瓦廖夫等人身上贵重的皮大衣形成鲜明的对比。热烈的握手和拥抱寒暄后，米高扬被请进屋内。炭火盆烧得很旺，屋里暖烘烘的，米高扬脱去厚重的皮大衣，

开始了与毛泽东等人的交谈。

尊贵的苏联客人到来,毛泽东很高兴,他可以敞开心扉交谈,让苏方了解中共的想法了。

早在1947年初,毛泽东就提出亲自访问苏联,当面向斯大林"请教"建国经验。斯大林虽然早就与中共保持着联系,来往电文不断,但他对中共能否全面战胜蒋介石取得国家政权还没有把握。苏共与中共虽然是意识形态相同的政党,但苏联与国民党政府有外交关系,苏美之间也有《雅尔塔协定》;虽然美国也承认中国东北为苏联的势力范围,但如果苏联的手公开伸进中国全境,美国也必然会有反应。在现实面前,苏联的利益才是第一位的,需要在美国、蒋介石国民党政权和中共之间反复权衡。但作为长期合作的共产党人,斯大林对毛泽东等中共领袖也是很关心的。1947年3月,蒋介石大举进攻延安。西方通讯社报道,国民党军于1947年3月21日占领延安,斯大林很为毛泽东的安全担心。他急电毛泽东,表示可以派专机来陕北地区接毛泽东等中共领导人暂避苏联。到苏联避难不是毛泽东的政治选项,但到莫斯科访问是毛泽东急于要解决的问题。

经过近半年的考虑,1947年6月15日,斯大林致电他安排在毛泽东身边的代表奥尔洛夫,有条件地同意了毛泽东访苏的要求,条件就是保密。"转告毛泽东，苏联共产党（布）中央委员会认为他不宜就莫斯科之行走漏任何风声。如果毛泽东也认为应该这样做，那么我们觉得以通过哈尔滨为佳。届时若需要，我们可以派一架飞机迎接。望电告同毛泽东谈话的内容和他的愿望。"

当时正是解放战争的关键时期，蒋介石在东北战场占据优势，四平战役以后把东北民主联军压缩在北满和南满两块根据地，在关内则部署向山东和延安重点进攻并攻占延安，全国战场形势硝烟弥漫，扑朔迷离，也是中共最困难的时候。面对咄咄逼人的蒋介石，毛泽东高瞻远瞩，正在部署一场事关中国前途的大棋局。1947年3月，胡宗南率领20余万国民党军队进攻陕北，中共中央主动从延安撤退。1947年4月，毛泽东电令还被敌人分割在南满和北满两个根据地的东北野战军筹备发动夏季攻势。同年6月，令刘伯承、邓小平率领大军强渡黄河，千里挺进大别山，直接威胁国民政府的统治中心南京和武汉；调陈毅、粟裕率华东野战军挺进豫、皖、苏；派陈赓、谢富治兵团挺进豫西。三路大军，在黄河与长江之间的广袤地区形成了一个"品"字形的战略态势，互相策应。在毛泽东高超的战略指挥下，整个解放战争格局正处在发生根本转变的关键时期。

或许是考虑到中国战场正处在关键时期，1947年6月30日，奥尔洛夫又转达斯大林的意见："鉴于即将举行的（军事）战役，鉴于

毛泽东若离开，会对战争产生不利影响，我们认为暂时推迟毛泽东的出行为宜。"毛泽东的第一次访苏之行就这样被搁置了。

自1947年年底开始，人民解放军已经转入全国战略反攻，各路野战军都在部署大规模的战役行动，东北战场的国民党军被包围在沈阳、长春、锦州等几个孤零零的大城市。国共力量对比发生了根本性变化。为了及时向苏联通报中国人民粉碎国民党反动统治的必胜信念和建立人民政权的构想，争取苏联的理解与支持，1948年4月26日，毛泽东再次向斯大林提出访问莫斯科的建议，以"就政治、军事、经济和其他重要问题同苏联共产党中央委员会的同志们商量和请教"，到"东欧和东南欧国家一行，考察人民阵线工作和其他工作形式"。

三天后，斯大林复电："您4月26日来电收悉。可按您的意愿决定随行人员及需要的人数。两位俄国医生应与您同行。同意在哈尔滨留下一部无线电台，其余事待晤面时谈。"

此时的斯大林仍未能把握中国战局的发展和中共领袖的想法，一旦见面，谈什么？许多棘手问题如何表态？他再次犹豫起来。5月10日，斯大林再次电告毛泽东："鉴于您的驻地一带事态的发展，特别是傅作义部队开始进攻您来访必经之地的蔚县地区，我们担心您的出行，对事态会有影响，也十分担忧您行程的安全。因此，您能否推迟一下来访时间。如您决定不推迟，请告知何时何地宜派飞机，等您回答。"

对斯大林的两次推迟，毛泽东不会没有想法，既然主人要求推迟，客人怎能强求。毛泽东立即回电："斯大林同志，今天收阅您的来电，非常感谢您。鉴于目前时局，我准备适当推迟出访贵国……我需要稍事休息，然后才能乘坐飞机。机场和港口情况待查清后告知。"

1948年7月4日，毛泽东第三次提出访苏要求，他致电斯大林："我的健康状况比两个月前明显好转，我决定近期启程。有空中、陆地和海上三条路线通往贵处，但三条路线都要途经哈尔滨。因我需要与东北的一些负责同志谈话……望派飞机于本月25日抵达蔚县……如您决定我们走海路，望本月底轮船到达指定港口……如空中和海路均不行，我们无论如何本月15日也要动身北上。"

经过数日思考，1948年7月14日，斯大林没有直接给毛泽东回电，而是给奥尔洛夫发来电报，婉言拒绝了毛泽东的来访要求："致杰列宾（奥尔洛夫的真姓），请您转告毛泽东：鉴于粮食收购工作开始，从8月起，领导同志将分赴各地直至11月，因此联共（布）中央请毛泽东同志将莫斯科之行安排在11月底，以便能够与所有领导同志见面！"

斯大林称是粮食问题推迟毛泽东来访,这个托词难以成立。其实此时欧洲出现了大的危机。毛泽东致电是7月4日,就在几天前,"柏林危机"爆发。因为美国在德国西部占领区发行新货币,并将之推行到柏林。6月24日,苏联出动军队切断美国占领的西柏林和苏联占领的东柏林之间的水陆交通。为打破苏联的封锁,作为反制措施,1948年6月29日,美国开始对西柏林空运,每天派出大批飞机向柏林250万居民大规模空运粮食及各种日用品。同时,美、英、苏等国在柏林周边以及部分欧洲地区大规模调动集结军队,双方剑拔弩张,一触即发。这就是史称的"柏林危机"。

另一件事是,1948年初,苏联与不满苏联控制和干涉的以铁托为首的南斯拉夫共产党之间发生矛盾,经数次谈判无果,矛盾越演越烈。1948年6月,苏联带领波兰、匈牙利、捷克斯洛伐克、阿尔巴尼亚等国组成以苏联为中心的社会主义阵营,将南共开除出欧洲共产党和工人党情报局。

毛泽东要求出访的时间正值南斯拉夫问题和"柏林危机"相继爆发,以苏联为核心的社会主义阵营内部发生动荡,美苏对垒最紧张的时候,斯大林正全力以赴处理危机。

此时斯大林心中非常矛盾,由于没有与毛泽东直接交谈,由于中国革命过程中,苏联对中共处理国内问题指手画脚,如"西安事变"处理蒋介石的问题,又如1945年毛泽东赴重庆谈判等问题,双方有过一些矛盾和不同意见。现在中共壮大了,是否还会听从苏联的指挥?铁托就是独立性太强,不听莫斯科指挥。毛泽东的独立性也很强,会不会是另一位铁托呢?柏林危机和铁托问题都是在不久前发生的,很难说斯大林的心中没有顾虑。这倒可能是斯大林推迟毛泽东来访的重要原因之一。

数次出访请求遭拒,可以想见毛泽东此时的心情。因为这次电报是发给奥尔洛夫的,毛泽东甚至没有直接回电,而是于15日请奥尔洛夫代表自己回电:"斯大林同志:同意您7月14日电报中陈述的意见,我把出访日期推迟到10月底11月初。"

由于斯大林一再推迟毛泽东的出访日期,而且推迟的理由也并不充分,毛泽东对斯大林是否欢迎他去访问产生了怀疑。此时的毛泽东不是单纯为了要求苏联支援才要去莫斯科,作为一个马克思主义者,一个即将取得全面胜利的大国的共产党领袖,他认为确实有许多问题需要去请教和探讨。为了让斯大林了解自己出访的目的,毛泽东将自己访问苏联要谈什么向奥尔洛夫全盘交了底:

1.关于与一些人数不多的民主党派(和民主人士)的关系;关于召开政治协商会议的问题;

2.关于联合东方革命力量及东方(及其他)各共产党之间

的关系；

3.关于与美国和蒋介石作斗争的战略计划；

4.关于恢复和建立中国工业，其中包括（特别是）军事工业、采矿工业、交通（铁路和公路）运输问题，我们（中共）将提出所需的东西；

5.关于3亿美元贷款；

6.关于与英国和法国建立外交关系的政策（方针）；

7.关于其他一些重要问题。

1948年8月28日，奥尔洛夫通过电报向斯大林汇报了毛泽东的这些请求。

1948年11月21日，毛泽东主动提出，"因身体微恙"和战事原因，访苏推迟到12月底。到了12月底，毛泽东再次提出因为平津战役和淮海战役正在进行，中央还要召开政治局会议，出访日期再次推迟。

1949年1月9日，毛泽东电告斯大林，要求苏联10天后派2架飞机来接他。第二天毛泽东致电斯大林称：到7月底，解放军150万大军将渡过长江。我们急需前往您处，向联共（布）中央汇报工作，并听取您对中国革命一系列重要问题的指示。

这次眼看就要成行，谁知再生变数。1月8日，蒋介石致电苏、美、英、法四国，希望各国出面调停国共关系，实现和谈。这实际上是"缓兵之计"，意图拖延时间，积蓄力量，以图东山再起。对于蒋介石的要求，在英、美、法都未表态之时，斯大林却于10日致电毛泽东，希望中共接受和谈，并替中共拟了一份答复国民党的电文。在中共已经取得压倒性胜利的时候，毛泽东提出的方针是"将革命进行到底"，苏联却提出如此建议，毛泽东极为愤怒地拒绝了斯大林的提议。这件事情使得斯大林看出毛泽东有坚定的原则，不是一个任人摆布的人。

1月14日，斯大林致电毛泽东称："拒绝我们的建议绝不会影响我们之间的关系"，同时又说，"我们还是主张您暂缓对莫斯科的访问，因为目前中国很需要您。如果您愿意，我们可以立即派一位负责的政治局委员到您那里去，到哈尔滨或另一个地方就我们感兴趣的问题举行会谈"。

几经反复，毛泽东的莫斯科之行仍未有定论。毛泽东为什么要急于赴莫斯科呢？

随着解放战争的进程，在开展军事斗争的同时，中共开始面临党的工作重心由乡村转向城市的问题。要在千疮百孔、一穷二白的基础上，担负起接管城市、恢复经济、筹建政府、管理国家等重任，中共没有经验，急需向苏联求教。而且按照毛泽东的设想，中

国要建设成一个像苏联那样的现代化工业强国,但几千年来,中国一直是传统的农业国,近代以来在半殖民地半封建的社会现状下,仅有一点弱小得可怜的官僚资本主义和民族资本主义经济,在历年来的战争中已经衰败不堪,苟延残喘。现代工业的飞机、坦克、大炮、汽车、拖拉机、轮船、机床、电站,我们一个也不能造,要建设工业强国,这些我们都要造,但空有雄心壮志,我们没有这方面的经验和人才,也没有技术和资金。面对一穷二白的家底,在新形势新任务下,中共急需治理国家的经验和及时有力的发展经济建设的援助和支持。但放眼全球,能给予这种支持的只有苏联。这就是为什么毛泽东再三致电斯大林,提出访问莫斯科的原因。

其实,斯大林对中国革命已经关注很长时间了,对中国共产党人的支持与同情也是事实。他已经数次批示同意苏联有关部门对中国东北解放区予以援助,并派遣专家和技术人员进入中国帮助开展工作,但为什么对中共领袖的访苏要求一再推迟呢?从苏联和今天俄罗斯的档案中尚未见到有记载斯大林具体想法的资料,但不外乎前面所分析,还是美苏关系,对中共取得全面胜利能力的怀疑,以及中共在胜利后究竟会采取何种政治姿态来面对美、苏等原因。

另外,通过与国民党政府签订的不平等条约——《中苏友好同盟条约》,苏联继承了沙皇俄国在中国夺取的特权和巨大利益,斯大林很珍惜这份沙俄侵略中国留下的遗产。可以想见，中国共产党人是不会允许这个不平等条约长期存在的，这一点在以后的历史中也得到了证实。从世界社会主义国家领袖的角度讲，斯大林希望中国共产党尽快取得全国胜利，但从苏联的自身利益出发，又使他对国民党政府还抱有幻想。正因为如此，1949年1月，国民党政府迁都广州，美、英等国的大使都没动，苏联大使罗申却率先行动，这也引起中共的疑惑与不满。

1949年1月14日，苏联联共（布）政治局会议通过决议，决定再次推迟毛泽东的访苏时间，并派遣老资格的政治局委员米高扬访问中共中央所在地，当面听取中国共产党人的想法。形象地说，斯大林是将自己的耳朵伸过欧亚大陆，直接伸到毛泽东的身边，倾听毛泽东的想法。

米高扬动身时，中国解放战争三大战役的最后一个——平津战役正在紧张进行中。就在米高扬到达中国的两天前，1月24日，东北野战军攻占天津，相信斯大林、米高扬手里也拿着战报。这是巧合吗？1月31日，东北野战军进驻北平。至此，辽沈、淮海、平津三大战役胜利结束。从1948年到1949年的三大战役中，人民解放军共消灭国民党正规军144个师（旅）、非正规军29个师（旅）共155万人，东北、华北及长江以北广大地区获得了解放。此时，人民解放

军与国民党军队的力量对比已发生了根本改变。国民党大势已去,中国共产党人最后的胜利指日可待。米高扬就是在这个关键时刻来到西柏坡的。

## 斯大林伸到西柏坡的"耳朵"

毛泽东首先对米高扬的到来表示欢迎,对斯大林多年来对中国革命的关心和支持表示衷心感谢:"欢迎米高扬同志代表斯大林同志来听取我们的意见并对我们的工作做出指示。"

米高扬站起来郑重地说道:"毛泽东同志,首先请允许我向您转达斯大林同志和苏共中央委员会全体政治局委员对您和中共中央政治局全体同志的问候。祝愿中国革命尽快取得胜利,彻底解放全中国。根据斯大林同志的交代,我是带着两个耳朵来听,不参加讨论性的决定意见,请大家理解。"按照俄罗斯民族的习惯,到主人家拜访都要带一点小礼品,米高扬也不例外,他将一块毛料送给毛泽东,并说明是斯大林委托他带来的。

礼节性见面后,毛泽东设宴款待米高扬。这是中华人民共和国成立前中共接待的最高级国宾,也是接待的社会主义友好国家的最高级国宾。在当时战火纷飞的岁月,生活条件的艰难程度可想而知。从莫斯科出发时,考虑到中共所处环境的艰苦,米高扬特地准备了很多罐头和酒。虽然是战争年代，但由于全国各个战场都捷报频传，又是春节，主人给客人精心准备了一桌丰盛的酒宴，有红烧肉、炖鸡块，还有用砸开冰面从滹沱河里捞上来的活蹦乱跳的大鲤鱼做成的红烧鱼。

客人来了，自然要敬酒。五位书记中，毛泽东一般不喝酒，朱德、任弼时、刘少奇也不胜酒力，象征性地敬酒后，只有周恩来陪着米高扬喝。米高扬显现出了俄罗斯人对酒的嗜好。这次喝的是用小毛驴专程从山西驮来的汾酒。米高扬从未喝过中国的汾酒，喝了第一口就觉得纯香甜绵的汾酒比冲劲十足的俄罗斯伏特加更好喝。中国请客喝酒用的是小酒杯，米高扬觉得不过瘾，改用茶杯，他把汾酒咕咚咕咚往嘴里倒，餐桌上除了周恩来，没有人能跟他匹敌。

第二次宴请，毛泽东准备了足够的汾酒。在这次宴会上，毛泽东打趣地说："我们的革命之所以取得一个又一个的胜利，首先靠的就是我们的上帝——工农群众。就像这醇厚的美酒一样，我们的人民可以创造出任何人间奇迹。"

米高扬端起酒杯要敬毛泽东喝酒。毛泽东先是客气几句，但米高扬不依不饶，非要毛泽东喝，还说不喝酒就不是革命者。毛泽东宽和地笑了，他没有与米高扬纠缠，而是吩咐厨房炒一盘自己平时爱吃的辣椒来。

很快，炒辣椒端上桌。毛泽东随意地吃了几个，然后对米高扬说："论酒量，我是比不过你的，你要觉得酒好，下次让你喝个痛快。咱们比赛吃辣椒吧。"米高扬之前恐怕没吃过炒辣椒，更不知道毛泽东吃的这种细长的尖辣椒的厉害，在中共几个领导人中，也很少有人敢吃。米高扬疑惑地夹起一根辣椒送进嘴里咀嚼，顿时觉得满嘴无法忍受的火烧火燎，而且辣劲往上冲，鼻涕眼泪忍不住往外冒，样子极为狼狈。毛泽东又夹起一根辣椒放进嘴里，打趣地对米高扬说："我们中国共产党人也有个说法，不吃辣椒不算彻底的革命者。你不能吃辣，看来你离彻底的革命者还有一段距离。"毛泽东的这句话，米高扬通过翻译听懂了，他不得不认输，承认自己吃辣椒比不过中国同志。

几次宴会后，米高扬被餐桌上的佳肴和汾酒所征服："谁都说中国的酒好喝、菜好吃，可我们就是做不了。将来中国革命胜利了，我们一定要派人来学习中国的菜肴，增加西餐的花样。"

毛泽东笑道："我相信，一个中药，一个中国菜，这将是中国对世界的两大贡献。等革命胜利以后，我在北平用陈年的老白汾酒和最好的中国佳肴招待你。"

餐桌上的较量显现出米高扬的豪爽和毛泽东的智慧，两个人都仰面大笑，但进入会谈，双方都表现出严肃认真，有时甚至是锱铢必较。

当天晚上，毛泽东到米高扬的住处拜会。

毛泽东说："我们党在抗日战争与解放战争的各个阶段执行了独立自主、自力更生的方针、政策。事实证明我们的方针政策是正确的，步骤是牢靠的，虽然遇到的困难不少，而且在前进的道路上将要遇到的坎坷不平或许还会更多。尽管如此，我们仍是充满信心，稳步地朝着我们的既定目标前进，不达胜利，誓不罢休。这是我们党的决心和信心，也是全国人民的决心和信心。

"我们认为解放战争越胜利地向前发展，也就越需要更多的朋友，这里说的是真正的朋友，同时也更需要朋友对我们的同情和支持。朋友是有真朋友和假朋友之分的。真朋友对我们是同情、支持和帮助的，是真心诚意地友好。假朋友则是表面上的友好。他们口是心非或者还出些坏主意，使人上当受骗，然后他们幸灾乐祸。我们会警惕这点的。"

米高扬认真地听取毛泽东的话，没有插话，也没有表态。后来，米高扬对担任翻译的师哲说："毛泽东有远大的眼光，高明的策略，是位了不起的领袖人物。"

从2月1日起，米高扬与中共中央领导人开始会谈。中共方面参加的人员只限于当时的5位书记及翻译。米高扬在会谈开始前再次

声明他是只带着耳朵来的,所以在会谈中很少插话,但听得十分认真。

第一天的会谈中,毛泽东介绍了中国当时的形势及解放战争的进展;介绍了中国共产党和中国人民解放军近期的军事、政治活动安排。

毛泽东告诉米高扬,目前中国革命发展得比较顺利,其中军事方面的进展比原来预想要快、要好。毛泽东知道斯大林一直关注着中国革命,但对中国问题始终比较保守,所以他特别阐述了中国共产党要"打过长江去、解放全中国"的战略方针。毛泽东指出:"中国不能分裂,不能搞南北朝,不能划江而治,实现全中国统一这是人心所向、众望所归的。"毛泽东分析了我军向长江以南进军时,外国进行武装干涉的可能性。他认为这种可能性虽然存在,但概率很小。

毛泽东的这段话,就是针对斯大林来电希望中共接受蒋介石和谈要求而言的。

毛泽东用较长时间向米高扬讲述了中国革命的历史及党内的路线斗争,讲述了左倾冒险主义和右倾机会主义给中国共产党和军队带来的危害。毛泽东毫不隐瞒地讲述了他同长期得到共产国际支持的王明(陈绍禹)、李立三等人的斗争经过。他告诉米高扬,在所发生的一次次斗争中,他曾被撤职并受过处分。

毛泽东的讲述有两个目的:一是希望斯大林了解中国共产党解放全中国的决心,使其不再支持蒋介石政府;二是希望苏共了解中共党内路线斗争的情况,使其不再支持王明等人。其实,在米高扬离开莫斯科前,苏共中央已经讨论了米高扬这次访问西柏坡期间对王明的态度,并决定不与王明会面,而且在谈话中也要尽量回避有关王明的问题。

2月2日和3日的会谈仍然由毛泽东主讲,但内容已不再限于介绍党内情况,而是将重点转到下一步工作中。毛泽东谈了许多革命胜利后的想法,请米高扬转告斯大林,并希望能得到"指示"。其中几个主要的问题是:

1.关于政权建设问题

毛泽东说,1949年春、夏之间,中国人民解放军就要渡过长江了,之后用不了多长时间就可以解放南京、上海、武汉等大城市。现在国民党军队还有一百多万人,估计长江防线被突破后,只要我们本身不出现大的失误,夺取全国胜利就为时不远了。届时我们将建立新政权,关于它的性质我们已经思考了很久,我们是这样确定的:在工农联盟基础上实行人民民主专政,其实质是无产阶级专政。不过对我们国家来说,称人民民主专政更为合适,更合理。

毛泽东谈了新政府的组成，他认为新政府必须是个联合政府。名义上虽然不这么叫，但实际上必须是联合的。应当是有各民主党派和社会各界知名人士、民主人士参加的联合政府。其中，中国共产党是核心、是骨干。为了巩固这个政权，今后应不断加强和巩固统战工作。

2.恢复生产和经济建设问题

毛泽东说，经济建设这件事对我们来说是生疏的，但肯定是可以学会的，有苏联走过的路可以借鉴。中国革命成功后的生产建设工作进展可能会快一些，因为中国的处境要比1917年的苏联环境好一些，起码敌人无法围困我们，并且有人帮助我们。

毛泽东告诉米高扬，目前在全国范围内，特别是刚刚解放的地区，群众还没有完全组织起来，这也是一项重要工作。我们准备建立工会、妇联、青年团、学联等各种群众组织，通过这些组织使广大群众团结在共产党的周围。

3.关于军队问题

毛泽东说，目前我们的军事力量发展很快。解放区的青年踊跃参军，加上大批收容和改造的俘虏，部队兵员的扩充很容易。同时，我们缴获了大量的武器、装备。现在，东北野战军已经完全配备了美式装备，这些都是美国援助蒋介石又被我们缴获的。毛泽东还谈到了军队当前的任务，谈到了起义部队的改编改造，谈到了北平和平解放和攻克天津后给国民党军队的高级将领指出的两条道路，谈到了对傅作义等起义人员将来的使用问题。

4.国际关系和新中国的对外政策

毛泽东在谈到新中国将来的国际关系时生动地说：我们这个国家，如果把它比成一个家庭，它的屋子里实在是太脏了，柴草、垃圾、尘土、跳蚤、臭虫、虱子……什么都有。解放后，我们必须认真清理我们的屋子，从内到外，从各个角落到门窗缝里，把那些脏东西统统打扫一番，好好加以整顿，等屋内打扫清洁干净，有了秩序，陈设好了再请客人进来。我们真正的朋友可以早点进来，也可以帮助我们做一些清理工作。但别的客人则需要等一等，暂时还不能让他们进门。我想打扫干净，陈设好了，再请客人进门，这也是一种礼貌，不好吗？我们的屋子本来就够脏的，因为帝国主义的铁蹄践踏过。而有些不客气、不讲礼貌的客人再有意无意地带些脏东西进来，那就不好办了，因为他们会说："你们的屋子本来就是脏的么，还抗议什么？"这样我们就无话好讲了。我想朋友们进我们的门，建立友好关系，这是正常的，也是需要的。如果他们又肯伸手援助我们，那岂不更好吗？

毛泽东强调指出：对我们探头探脑、想把脚踏进我们屋里的人

是有的，不过我们暂时不能理睬他们。至于帝国主义分子，他们抱着不可告人的目的，一方面想进来抓一把，同时也是为了把水搅浑便于摸鱼，我们不欢迎这样的人进来。

毛泽东的这段话，后来被浓缩为"打扫干净屋子再请客"，这与"一边倒""另起炉灶"共同构成了新中国成立初期外交工作的三项原则。

所谓"另起炉灶"，毛泽东的解释是，要同旧中国丧权辱国的外交关系一刀两断。中国人民解放军所到之处，原各国外交人员均无外交豁免权，只被当作普通侨民看待。各国均需重新与新中国建立外交关系。

在谈到与苏联建交的问题时，毛泽东基本确定了王稼祥为将来第一任驻苏联大使。他说王稼祥曾长期在莫斯科工作，在国内工作期间，虽同王明一起犯过错误，但改得比较彻底。米高扬对毛泽东提出的大使人选没有异议。

在2月6日的会谈中，毛泽东说：由于经济落后，我们需要经济援助，这种援助只能从苏联和新民主主义国家获得。中国需要3亿美元的贷款、300辆汽车，以及各种必需的物资、机器、石油产品和造币用的银子。如果苏联能够提供这笔贷款，希望能够从1949年起分3年提供。毛泽东特别强调：我们也不是白要你们的援助，我们会连本带利如数归还。

朱德、刘少奇、周恩来、任弼时就一些具体问题同米高扬进行了讨论，毛泽东只是有时参加。他的谈话很少涉及具体问题，但内容相当广泛，且开诚布公。他谈到了中国以后会遇到的困难，谈到了台湾问题、香港和澳门问题。他预见到解决台湾问题困难是很大的。此外，他还就华侨、城市就业、农村土地改革、中国的民族资产阶级、西藏等问题谈了他和中共中央的看法和打算。

在米高扬离开西柏坡之前，毛泽东与他长谈了一次，补充了一些对民族、经济等问题的看法，同时就悬而未决的援助问题谈了他的想法。对旅顺、大连等东北港口、新疆独立运动和外蒙古独立等问题，毛泽东委婉地表示希望苏联改变在国民党政府时期奉行的政策。

对这些敏感问题，米高扬立即向斯大林报告，根据斯大林回电的内容，米高扬向毛泽东等阐明了苏联的原则：斯大林认为与国民党政府签订的条约是不平等条约，中共掌握政权后，苏联主张签订对日和约后从旅顺撤军，如中共不赞成，苏联可以立即撤军；关于新疆问题，苏联不支持那里的独立运动；关于外蒙古问题，斯大林主张维持条约的决定。斯大林来电称，他既不同意外蒙古领导人"组成内外蒙古统一的蒙古国家"的主张，也不同意中国关于"放

弃蒙古独立"的要求。毛泽东看到了这个电报，摸到了斯大林的底牌，表示不再提蒙古问题。

米高扬在与毛泽东谈话时特别指出："为什么在中共规定的干部必读书中，没有一本是中国马克思主义者的著作？"他不同意毛泽东自谦的说法。他认为中国共产党人在中国并不是机械地搬用马克思主义，而是在充分考虑并结合了中国特点和具体条件的基础上，运用了马克思列宁主义。因此，中国革命有自己的道路，有自己的特点，阐述中国革命成功的经验非常重要，至少对亚洲国家革命运动具有重大的理论意义。

返回莫斯科后，米高扬把关于中国革命的宝贵经验应该及时加以总结的想法向斯大林作了汇报，斯大林赞同这种想法。在不久后刘少奇访苏和中华人民共和国成立初期毛泽东访苏时，斯大林两次就出版《毛泽东选集》的问题和中方进行了认真的讨论。事后，斯大林派尤金来北京协助工作。《毛泽东选集》前几卷就是在这种情况下出版的。中文版在中国出版时，俄文版在苏联同步问世，这说明米高扬和斯大林对毛泽东在马列主义理论方面的评价是由衷的。

米高扬在西柏坡的日程安排得满满的，从1月30日至2月7日，毛泽东、刘少奇等同志与米高扬进行了12次谈话，除了毛泽东以外，五位书记或单独或一起与他进行了会谈。近年俄罗斯解密的档案中，可以了解当年中共领导人与米高扬西柏坡会谈的具体内容。

2月1日会谈后，米高扬在发给斯大林的电文中写道：

> 周恩来说，我们十分缺乏反坦克炮，现共有150门。为此我们想请苏联同志援助一些。我们的坦克也不行，现在主要是轻型坦克，最重的才15吨。我们在徐州缴获了70辆坦克，但大多已基本损坏。我们的原料不足，想从苏联获得制造炮弹的炸药。我们还请苏联派专家和提供制造武器的设备，同时请求派出组织军队方面的顾问、军事院校的顾问及组织后方包括武器工业方面的顾问。

> 我回答说，我们原则上同意在组织武器生产方面提供帮助并派遣顾问，但对高射炮和反坦克炮问题我没有表态，将报告莫斯科进行研究。周恩来接着说，他们想得到我们的钢轨、汽油、约5 000辆汽车和其他机器及物资。我对此的答复是，所有这些要求须以书面形式向我国政府申报。

2月2日会谈后，米高扬在发给斯大林的电文中写道：

> 任弼时强调指出，他们在本国的国民经济中之所以十分重视满洲，是因为要把它变成提高国家防御能力的一座熔炉。它应制造出汽车、飞机、坦克等。他还说，在满洲的工业开发中他们寄希望于苏联的援助。他讲了以下的援助形式：

1.苏中经济联合体组织;

2.苏联提供贷款;

3.向苏联提供租让。

任弼时说,需要苏联帮助开发埋藏在沈阳、锦州、热河省附近的铀、镁、钼和铅等稀有矿物。日本人当时曾将一吨铀运走。如果苏联对这些矿物感兴趣,可提出共同开发的方式或者专门租让给苏联开发。

任弼时着重指出,满洲的工业开发需要具备专业水平的专家。他们在鞍山钢铁公司曾不得不雇用日本的专家帮忙。为此请苏联派遣不少于500人的涉及国民经济各方面的专家。

2月3日会谈后,米高扬在发给斯大林的电文中写道:

刘少奇说,中国解放后要建立工业基地,没有苏联和人民民主国家的援助是不可能的。这样的援助会对我们起到决定性的作用。这种援助的形式应是:

1.交流社会主义经济改造的经验;

2.向我们提供有关的参考资料,派遣各经济部门的专家、顾问;

3.向我们提供资金。

刘少奇认为,苏联、人民民主国家和中国应该互相给予经济援助，没有苏联的援助，显然我们无法在满洲重建鞍山钢铁公司。因而我们想早日知道苏联可能援助的范围，以便纳入我们的国民经济计划。

按照安排，米高扬每天都要将与中共领导人的会谈内容电告莫斯科，斯大林与苏共中央政治局的全体委员们每天都要就会谈内容进行讨论；有些内容还要及时回电，通过米高扬转告毛泽东和中共中央，米高扬真正起到了斯大林和苏共中央"耳朵"的作用。这也反映出斯大林对苏共和中共、苏联和中国即将开始的新关系给予了高度的关注。在他的世界战略中，中国问题占据了重要的内容。

2月7日，在访问西柏坡的最后一个晚上，米高扬在给斯大林发的电报中总结说："必须指出，与我交谈的中共政治局委员们，在一般政治、党务、农民及整体经济问题上完全是行家，并且都很自信……""中国共产党人在中国并不是机械地搬用马克思主义，而是在充分考虑并结合了中国特点和具体条件的基础上加以运用的。因此，中国革命有自己的道路，有自己的特点，阐述中国共产党成功的经验本身就非常重要。它的总结至少对亚洲国家革命运动具有重大理论意义。""他们对生产业务知识了解得不多，对工业、交通、银行的概念尚不清楚。""他们的经济设想还比较空泛，甚至对将要接管的大银行、大工业还没有具体的管理办法和计划。"

为此，米高扬建议中共领导人向莫斯科提供具体的资料，说明在哪些方面需要从苏联获得帮助。双方商定，过一段时间中国共产党派一个专门的代表团去苏联，与苏联具体讨论各项重大政策，以及新中国成立前后必然要遇到的问题。

访问结束后，米高扬说中共领导人给他留下了极深刻的印象。米高扬认为毛泽东是很了不起的领袖人物；认为任弼时是一个成熟的共产主义者，一位有马克思列宁主义理论修养的领导者，一位有涵养、有政治修养、有丰富工作经验的难得的领导人；认为周恩来是总理最合适的人选。在离开西柏坡时，米高扬对担任翻译的师哲说："你们的党的领导是坚强的，党内人才济济，这是取得胜利的一个保证。"

1949年2月8日，米高扬告别毛泽东返回莫斯科。米高扬的西柏坡之行取得了圆满成功，他在回莫斯科的路上就收到了苏共中央的电报，斯大林充分肯定了他在中国取得的成绩。米高扬的访问加深了中苏两党高层领导，主要是毛泽东和斯大林之间的相互了解；访问期间频繁的通讯往来使双方在一些重大问题上达成了谅解，取得了一致，为如何加速中国革命和发展双边关系制定了大政方针。

这天是个大晴天，天还是那么冷，院子里几株海棠干枯的树枝上挂着白霜，北风扫得人脸上生疼，东方的太阳刚刚露出半轮，红彤彤的。米高扬和送行的中共领导人走出住所，几辆吉普车已经发动，排气管冒着白烟。十天的会谈，双方多了理解，少了生疏，米高扬激动地与每个人握手拥抱。毛泽东笑呵呵地说："米高扬同志，相信我们很快还会再见。"

吉普车队很快驶离小山村，消失在远方的山路上。谁能料到，中共领导们与米高扬的友情经历了中苏关系的风风雨雨，直到米高扬的人生结束。

# 第三章

/ 巨人的握手

### 刘少奇访问莫斯科

米高扬的访问加深了中共与苏共的进一步了解，双方相互靠拢的步伐越来越快。1949年3月，毛泽东在中共七届二中全会上做总结时指出："中苏关系是密切的兄弟关系，我们和苏联应该站在一条战线上，是盟友，只要一有机会就要公开发表文告说明这一点。现在对非党人士也要说明这一点，也要做这种宣传。"

斯大林也认识到中共必将取得全面胜利，在处理苏联与中共的关系上，态度也日渐明朗。1949年5月30日，苏联政府宣布召回驻国民党广州政府的大使罗申，这意味着苏联完全放弃对国民党残余政权的支持和利用，开始认真地全面考虑与中国共产党的关系。

米高扬走了以后，科瓦廖夫等人留在西柏坡，就中共需要的专家问题，与中方进行具体商谈。随着解放军前进的步伐，武汉、南京、杭州、上海等大城市如同熟透了的桃子，伸手可摘。但是这些城市里有着数以百万计的市民，有着大量的企业、银行、海关、财政、税务、电力、通信、公共交通、港口、学校、医院等各类机关

和部门，这些都是城市经济所必不可少的，从山沟里走出来的中共领导人没有全面管理城市的经验，更没有管理经营的人才。正是因为人才和经验的缺乏，在一些已经解放的城市，都不同程度地出现了问题。这已经成为中共接管城市以后面临的最大问题，更为严重的是，中共即将建立新政府，国家政权的管理更需要各行各业的专家，但目前中国各类专门人才极为缺乏，为此，中共领导人忧心忡忡。

1949年4月9日，毛泽东在与科瓦廖夫谈需要苏联为新中国提供哪些具体帮助时，谈到了贷款问题，并由此引出一系列问题。毛泽东说：我们恢复经济建设需要苏联政府提供贷款，但是，贷款到了以后该如何使用，我们并不清楚。我们急需苏联专家尽快来到中国，帮助我们编制一份合理使用贷款的计划，首先是要恢复工业和铁路运输等重要部门的计划。

毛泽东说：我军即将打过长江，即将解放武汉、南京、杭州、上海等大城市。解放这些城市容易，管理这些城市却很困难。尤其是上海，对于发电厂、自来水厂、大型企业和市内交通，我们都缺乏管理经验，如果打下来却管理不好，造成整个城市运作瘫痪，那就违背了我们的初衷。正因为如此，至今，我们还没有下定决心解放上海。为此，我们请求苏联政府在我们解放上海前，派一批专门管理上海的专家。

就在这次谈话几天之后，4月20日，朱德总司令一声令下，人民解放军百万大军发起渡江战役，23日深夜解放南京。南京的解放，标志着国民党反动统治的灭亡。人民解放军以摧枯拉朽之势，乘胜追击，合围歼灭了芜湖、南京、镇江逃敌，几十万大军包围上海。解放上海就面临着管理上海，专家问题更显突出。

面对中国革命的胜利和面临的现实困难，斯大林表示需要中国同志到莫斯科来具体确定。因为新中国成立在即，有大量的事情需要处理，自己实在无法脱身，毛泽东决定，让正在天津指导工作的刘少奇火速赶到北平，组建访苏代表团并明确到苏联后要做的工作。

5月27日，冲锋号在黄浦江两岸吹响，解放军攻占上海。管理上海、建设上海的问题迫在眉睫。

早在5月3日，毛泽东就致电斯大林：我们目前最重要的任务是解决经济建设问题，我们希望苏联政府派遣大批专家来指导我们的工作。

斯大林回电希望中共明确具体需要哪些方面的专家以及数量。

6月9日，毛泽东致电斯大林：

根据即将组建的中央计划、财政、经济等组织机构，我们所需要的专家不少于600名，并准备1949年和1950年上半年接收

这些专家，把他们安排到各个计划、财政、经济机关与工业企业中去。……第一批专家258人应于今年6—8月来。

（1949年6月9日，毛泽东致斯大林电，中国外交部档案馆109—00192—01，第30—38页）

6月15日，北平中南海，新的政协筹备会议开幕，各民主党派人士齐聚一堂，人人脸上洋溢着迎接新中国的喜悦。毛泽东在发言时强调指出：

中国民主联合政府一经成立，它的工作重点将是：（一）肃清反动派的残余，镇压反动派的捣乱；（二）尽一切可能用极大力量从事人民经济事业的恢复和发展，同时恢复和发展人民的文化教育事业。

中国人民将会看见，中国的命运一经操在人民自己的手里，中国就将如太阳升起在东方那样，以自己的辉煌的光焰普照大地，迅速地荡涤反动政府留下来的污泥浊水，治好战争的创伤，建设起一个崭新的强盛的名副其实的人民共和国。

新中国诞生在即，中国共产党人对苏联专家的到来也是翘首以盼。

以往与苏联商定聘请专家都是在中共最高领导层，一直处于保密状态，现在苏联专家即将来到，必须让更多的干部和工作人员了解为什么要聘请苏联专家，苏联专家将在什么时候到来，他们将在哪些部门指导和帮助我们工作。在积极筹备访苏的同时，6月16日，刘少奇专门为中共中央起草了一个欢迎苏联专家来华工作的指示：

> 不久，中国人民的中央联合政府将要组成，中国将要进入一个新民主主义建设时期。中国革命向来都得到苏联的援助，这种援助是中国革命得到胜利的重要因素之一。在中国转入新民主主义建设时期以后，中国人民将从各方面得到苏联更大的援助，中苏两国人民的亲密合作将要进入一个新的历史阶段，我们应当与苏联建立经济上的亲密合作，我们将要取得苏联物资和技术的帮助，我们将要聘请大批苏联专家来帮助我们的经济建设工作，不久的将来，苏联专家将会来到中国，他们将分配到财政、金融、贸易、工业、农业、铁路、交通、工厂、矿山等经济机关去工作，这是一件对中国人民空前有利的好事。

（《刘少奇传》下卷第645—646页）

在紧张地筹备后，1949年6月26日，在科瓦廖夫的陪同下，刘少奇、王稼祥等人组成的中共代表团秘密抵达莫斯科。由于有了米高扬访华的深度沟通以及毛泽东代表中共所做的政治表态，这一次斯大林对刘少奇的秘密来访表现出极高的热情和相当友好的态度，接待安排和会晤规格都很高。

刘少奇一行被安排在莫斯科奥特洛夫斯卡姬大街8号公寓下榻。这是沙皇时代一个女歌星的住宅，十月革命后收归国有，成为苏共中央招待国外高级领导人的地方。稍事休息后，刘少奇一行便应邀到斯大林的孔策沃别墅去做客。

孔策沃别墅建于20世纪30年代初，总面积1 000平方米，位于莫斯科西郊，距克里姆林宫大约12分钟车程，周围是一片茂密的森林，二战结束后，斯大林就一直住在这里。初夏的孔策沃别墅，空气清新，鸟语花香，青草丛中开满了各种不知名的鲜花。

别墅门口，斯大林率伏罗希洛夫、莫洛托夫、马林科夫、布尔加宁、贝利亚、卡冈诺维奇、米高扬等苏联党和国家领导人依次站在门口迎候中国客人。在苏联的历史上，斯大林率领苏共中央政治局和部长会议的主要领导前来迎接一个尚未建立政权的他国共产党代表团，尚属首次。这也是一个政治表态，表明苏共已经将中共作为最重要的同盟伙伴。

刘少奇一行自然明白这其中的分量。宾主握手问候后，斯大林设宴为中共代表团接风洗尘。

让中共代表团倍感高兴的是，刚一见面，斯大林就几乎同意了此前中共提出的所有要求，包括提供3亿美元贷款，派遣专家，帮助清除上海等港口的水雷，建立舰队，开辟中苏空中航线，帮助建立飞机装配修理工厂并提供歼击机等等。斯大林表示，苏联准备在国家机构、工业和中国想要学习的所有方面提供全面帮助。他还主动提出愿意帮助中共尽快解放新疆。

刘少奇访苏有两个任务，一是向苏共通报中共当前的工作目标，二是积极争取苏联向中共提供经济援助贷款，提供专家和技术人员帮助中国建立国家政权机构，恢复和发展国民经济。应该说，斯大林根据中共的政治表态和国内革命的进程，改变了以前摇摆不定的态度，决心与中国发展紧密的政治和国家关系，同时认识到援助中国、帮助中国增强经济和军事实力，既有利于中国，实质上也有利于苏联为首的社会主义阵营，对于向中国提供援助也变得更为积极主动。所以他才在刘少奇访苏的当天，就爽快地答应了中方的全部要求。

以苏联为师，加入苏联为首的社会主义阵营是当时中共一直坚持的政治主张。在得知斯大林全面答应中共代表团的要求后，毛泽东立即在政治上予以回应。1949年6月30日，毛泽东发表《论人民民主专政》一文，公开宣布中国新政府将"联合世界上以平等待我的民族和各国人民，共同奋斗。这就是联合苏联，联合各人民民主国家，联合其他各国的无产阶级和广大人民，结成国际的统一战线"。

在看到毛泽东的这篇文章后,斯大林立即表态,他对刘少奇说:中国新政府一成立,我们立即予以承认。

第一次见面,斯大林的表态让刘少奇等中方代表很受鼓舞。回到公寓,刘少奇立即把大家召集到一起,研究拟定与斯大林正式会谈的具体内容。王稼祥建议,可考虑把要谈的东西写成一个报告,把谈话内容基本讲清楚,使苏联同志对中国的情况和想法先有一个比较全面、正确的了解,同时也使双方会谈时有所依循,不至于遗漏什么。报告由王稼祥亲自执笔,写成后的报告分四个部分:

报告首先介绍了中国目前的形势:中国人民革命战争现在已基本上取得了胜利,不久就要取得完全的胜利。报告以详尽的数字说明三年来中国人民取得的伟大胜利。报告认为,帝国主义派遣上百万军队打入中国的大规模的武装干涉似乎没有可能,但是,帝国主义派遣一二十万军队,占领几个海港或进行一种扰乱性的袭击,却是有可能的。我们对此已做了一些准备。帝国主义对中国实行封锁政策是很有可能的,而且已经开始实行。这将在船舶和对外贸易方面给我们带来困难,但是,这不能阻止中国革命的迅速胜利。

报告认为:在中国革命中,有成功地组织反帝民族统一战线的经验,有土地改革的经验,有在乡村长期进行武装斗争以包围城市,然后夺取城市,及在城市中进行秘密工作与合法斗争以配合武装斗争的经验，以及在中国这样的国家建设马列主义政党的经验。这些经验，对其他殖民地、半殖民地国家，可能是很有借鉴作用的。

报告的第二部分是关于新的中央政府的组织情况。除开军事委员会之外，在内阁之下，将成立财政经济委员会、文化教育委员会及政治委员会（管理公安、内务、司法等），并设立各部。在内阁中，准备设立铁道、农业、林业、商业、金属、纺织、燃料、交通、邮电、工业等部。毛泽东为主席，周恩来为总理。

报告特别阐述了关于中国新民主主义的国家性质与政权性质：它是以无产阶级为领导，以工农联盟为基础的人民民主专政的国家。工人阶级是这个专政的领导力量，工人、农民与革命知识分子的联盟，是这个专政的基础力量。同时，团结尽可能多的能够和我们合作的资产阶级与民族资产阶级及其代表人物和政治派别参加这个专政。

第三部分是关于新中国的外交问题。在新的中央政府成立以后，即面临和各国建立正式的外交关系的问题，参加联合国及其他国际组织与国际会议的问题。帝国主义国家可能有一段时间不理、或提出一些足以束缚手足的条件来作为承认的代价，这当然不能答应。如果各帝国主义国家采取承认中国新政府的政策，我们就准备

与之建立外交关系，届时希望苏联能在这些国家之前承认新中国。

对于国民党政府与外国订立的各种条约和协定，我们准备重新审查，分别处理。其原则是：凡是对于中国人民及世界和平民主有利者，我们都准备加以承认和继承。有的党外人士曾批评我们的政策是向苏联一边倒，毛泽东同志答复他们说：我们的政策就是要向苏联一边倒，如果不和苏联一起站在反帝国主义阵营，而企图走中间路线，那是错误的。

第四部分是中苏关系问题。谈到如何处置苏联和国民党政府签订的《苏中友好同盟条约》、苏联在旅顺口驻兵、蒙古独立等问题。报告认为，中苏两党关系、中苏两大民族的巩固的友谊，对于两国、对于世界，都有极为重大的意义。并提出，关于新中国与苏联的通邮、通电、通航等问题，希望能迅速办理。

报告表示：我们长期处在乡村的游击战争的环境中，对外面的事情知道得很少。现在要来管理一个如此大的国家，进行经济建设与外交活动，我们还需要学习很多东西。在这方面，苏共给我们的建议和帮助，是十分重要的，我们迫切地需要这种帮助。为帮助培养新中国的建设管理人才，除了派专家外，还希望派一些教授到中国讲学，并由中国派一些参观团到苏联参观学习，派一些学生到苏联留学。为密切中苏两党的联系，应该相互派遣适当的政治代表，以便处理两党间的有关问题，并增进了解。毛泽东准备在中苏建立外交关系时正式访问莫斯科，希望苏联考虑时机和方式。

关于苏联给予中国3亿美元贷款的事，报告表示：按照斯大林同志的意见办，感谢苏联的帮助。

对于中共来说，建立新的国家政权，最缺的一是专门人才，二是管理经验，这次来到苏联正好现场学习。刘少奇给苏共中央写了一封信，要求了解关于政府各级机构的组成、职能、相互关系，了解银行、学校、群众团体、党的组织等各方面组织及工作的详细情况。希望苏联能像20年代那样办一个专门训练中国干部的学校，并希望苏联帮助我们培养海军干部。

1949年7月11日晚10时，金碧辉煌的克里姆林宫，高大宽敞的苏共中央政治局会议室里，中共代表团与苏共双方高级会谈在这里举行。苏方出席的有斯大林、莫洛托夫、马林科夫、贝利亚、米高扬、卡冈诺维奇、布尔加宁、什维尔尼克，列席的有军事方面的领导人及陪同中共代表团来苏的科瓦廖夫。

斯大林亲自主持了这次会议。他首先说明，这次会议是按照中共代表团的愿望召开的。同时，向中共代表团说明，因为代表团的报告中涉及战争和军事部分的问题较多，所以邀请元帅们列席，也让他们了解一下情况。他说：少奇同志的报告写得十分清楚、明

确,苏联方面的人都看了,没有问题。然后他说:你们与民族资产阶级合作,并吸收他们参加政府的观点是正确的,与他们建立长期合作的政策是正确的。为了使中国民族资产阶级站在反对帝国主义的阵营内,这是必要的,这就要制定一种对民族资产阶级也有利的政策,例如关税保护政策。

在谈到中苏关系时,斯大林说:新中国政府一成立,苏联政府立即就承认。1945年签订的中苏条约是不平等的,因为那时是与国民党政府打交道,不能不如此。新中国成立后,毛泽东即可来莫斯科。待毛泽东来莫斯科后再解决这个问题。他解释说:苏联在旅顺的驻兵是抵制美蒋武装力量的可靠力量,既保护苏联,同时也保护中国革命的利益。当时苏共中央内部决定,一旦对日和约签订后,美国从日本撤兵,苏联可以考虑从旅顺撤兵。如果中国同志要求,苏军现在就可以撤兵。大连政权应与东北政权统一,现在大连港口应为中苏两国所使用。实际情况也是如此。

斯大林讲完后,刘少奇就中共最为关心的问题,如新的世界大战问题与斯大林进行了交流。

斯大林认为,近期发生世界大战的可能性很小,因为各国人民刚从反法西斯战争的灾难中挣脱出来,战争造成的创伤还没有得到医治,一般不会发生战争。只要各国人民不愿意打仗,战争就打不起来。我们应当发动人民反对战争，维护和平。只要人民不受骗、反对战争，战争狂人是很难得逞的。国家间的互助合作也是很重要的。各国人民团结起来，友好合作，相互配合，相互支持，是维护和平与安全的重要条件之一。

联系到中国的现状，斯大林说："你们应努力争取20年或更长的和平建设时期，利用战争的间隙，大力发展和搞好经济建设，发展生产，建设国防。我们的力量愈强大，战争的可能性就愈小。因为弱者、穷者总是受到别国的欺侮，弱者、穷者强大起来了，就没人敢轻易挑起战争。"

会议决定：成立借款条约共同起草委员会，制定苏联给予中国3亿美元贷款的具体文件，分批选派专家前往中国工作。借款条约共同起草委员会成员：苏共方面的米高扬、科瓦廖夫，中共方面的刘少奇、王稼祥、高岗。

此后，双方又相继举行了几次会谈。宪法是国家的根本大法，斯大林专门谈到了宪法问题，建议中国现在可使用共同纲领，但应准备新的宪法，并建议中国在1954年进行选举和通过宪法。中方接受了他的建议，1954年，中华人民共和国的第一部宪法诞生。

会谈进行得顺利、愉快。7月27日，斯大林在孔策沃别墅以格鲁吉亚风味的羊肉汤、红菜汤及烤羊肉串设宴招待中共代表团。

斯大林兴致很高，谈话风趣幽默。席间，大家纷纷向斯大林敬酒，祝他身体健康。

斯大林对刘少奇说了很重要的一段话：

"中国共产党已度过了它的幼年与青年时期，现在已经是政治上成熟的党、成年的党了。它在斗争中成长、成熟起来了！看来，中国共产党主要的成就是有了在实际斗争锻炼中培养出来的干部，他们经过了实践考验，积累了丰富的经验。中国共产党是一个在烈火中锻炼成熟的党！关于马克思主义，在一般理论方面，也许我们苏联人比你们知道得多一些。但是，把马克思主义的一般原则应用于实际中，你们有许多经验值得我们学习。"

"中国同志总是客气的、讲礼貌的。我们觉得我们是妨碍过你们，你们也有意见，不过不肯说出来就是了。你们当然应该注意我们讲的话正确与否，因为我们常常不够了解你们事情的实质，可能讲错话。不过如果我们讲错了，你们还是说出来好，我们会注意到的。"

说完后，斯大林端着酒杯离开餐桌，来到宴会厅的另一角，独自来回踱了几步，又转回中共代表团成员身边，略带伤感地说："苏中两党是两兄弟，两兄弟之间的团结友好是最重要的，对世界革命是具有重大意义的。斯大林活着的时候，两国人民应该是团结的；斯大林一旦不在世的时候，仍然应该是团结的。我们之间的团结，是与世界革命和人类的命运息息相关的，具有重大的意义。"

斯大林充满深情的话语，感动了中共代表团的成员，大家几乎是异口同声地说："斯大林同志，愿您永远健康！"

斯大林有些激动："谢谢中国同志的良好祝愿！但人总是要死的，斯大林也不例外。"接着他又说，"刚才，我说中国共产党成熟了，并不是客气话。西欧人由于骄傲，在马克思、恩格斯逝世之后，他们就落后了。革命的中心由西方移到了东方。你们在半殖民地的国家取得了胜利，是很了不起的。苏联人和西欧人要向你们学习。"

苏联在帮助中国革命的过程中，既有很大贡献，也有严重失误。对于失误，斯大林也作了自我批评。斯大林在这里所讲的，可能是他以往与中共往来中的一些失误。作为国际共产主义运动的最高领导人，能够在大庭广众面前讲出这一番话来是需要勇气的，表现出博大的胸怀与开阔的眼光，值得称道。

7月底，双方进行最后一次会谈。斯大林根据苏联建设中所积累的经验，向中共代表团提出一些参考性的建议。斯大林提出：中国共产党目前要动员一切力量恢复遭到战争破坏的国民经济，不管过去的底子如何薄，如何不平衡、不配套，但它是国家赖以生存的

基础，国民经济恢复了，社会才能稳定，新的人民政权才能巩固。发展经济必须在现实的基础上起步，踏踏实实地稳步前进。经济发展有自己的规律，如果超越了现阶段的基础，把步子迈得过大，就会比例失调，把国民经济搞乱。

斯大林还指出：经济建设是很复杂的工作，牵涉社会的方方面面。不但涉及资源、技术、机器设备，更重要的是要有管理人才和技术人才。他向中共代表团建议：要利用旧社会留下的专家和技术人员为经济建设服务；要发挥他们的积极性，就要制定一套正确的政策。

这两点重要的意见，实为治国的经验之谈。

刘少奇此时最关心的是中国的建设发展问题，他再次提出要求苏联派遣专家和技术人员到中国，帮助恢复国民经济并研究新建项目问题。他的请求得到了斯大林爽快的承诺。

为了向苏联学到更多的东西，逗留莫斯科期间，刘少奇访问了苏联外交部、国家计委、国家经委、财政部、国家银行、外贸部、化工部等，并同这些部委的负责人进行了交谈，了解了国际形势和外交斗争、苏联的经济计划工作和经济管理工作，以及各部门的职能和作用等。

离开莫斯科前，斯大林又一次邀请刘少奇到孔策沃别墅做客。

席间，斯大林问刘少奇："你们打算在什么时候宣布成立中央政府？"

刘少奇按照中央原定方针如实相告："目前我们正集中力量解放华南各省，准备在1950年1月，可能是1月1日正式成立中央政府。"

斯大林思索了一会儿后说："国民党政权实际上已不复存在了，你们已解放了绝大多数的土地，具备了掌握政权的一切条件。解决重大问题时要注意把握时机，千万不要错过时机，要警惕帝国主义可能会利用所谓'无政府状态'对中国进行干涉。这是极毒辣的一招，不能不防。"

斯大林的这番话至关重要，回到公寓后，刘少奇立即以电报的形式，向中共中央、毛泽东做了汇报。

刘少奇访苏时与斯大林的会谈结果，每天都向北平的毛泽东报告。在两国政治关系确定后，毛泽东更关注经济建设问题的落实。

7月4日，毛泽东电告刘少奇：

同意由中苏两方成立共同委员会把苏联贷款和订货问题具体化。但是，鉴于中国方面的经济机构刚刚成立，既缺少专家，又缺乏必要的资料，根本无法提出所需设备和货物的清单，建议可否把共同委员会设在中国，由科瓦廖夫先带主要专

家来华,与我们共同商定全部或主要部分清单。如果斯大林同意先派专家来华组织共同委员会,那么最好请科瓦廖夫先带铁路、电力、钢铁、煤矿、煤油矿、军事等专家同来。

(1949年7月4日毛泽东致刘少奇、王稼祥、高岗电,摘自《刘少奇传》下卷第647页)

刘少奇将与科瓦廖夫共同商定的清单交给斯大林,同时根据这份清单的内容,与科瓦廖夫会商具体落实的措施。

刘少奇提出:当务之急是要为东北引进不少于300名各工业部门的专家,以替代在冶金、军事、航空工业中留用的日本工程技术人员。目前在中国鞍钢等工业部门的工程技术人员都是日军战败后留下的,这其中有很多人对中国共产党怀有仇恨心理,需要将他们替换下来。同时还需要电厂的专家和医院的医生。另外,派遣一批各专业的苏联教授来中国高等院校讲课,为中国培养管理干部和技术人才,为中国建立一个1 000人的专业高等院校;中国派遣一批重要的经济管理干部来苏联进行一到两个月的培训。

随着对国内经济发展各部门的梳理,要求苏联专家前来帮助指导工作的部门和行业越来越多,军事需求是重点之一。当时西北、西南、东南沿海尚未解放,我军急需海空军等技术军种的建设。7月26日,中共中央又致电刘少奇,为准备在一年内建成空军战斗部队,拟向苏联订购飞机,聘请专家,希望就此与苏方洽谈,如获同意,将派刘亚楼率团去苏联具体商谈。

新中国百废待兴,对苏联的援助翘首以盼。

在满足了苏方提出的苏联专家的各项待遇后,苏方答应向中国派遣由科瓦廖夫率领的600名专家,并同意其中220名随刘少奇同行到中国。

8月14日,刘少奇结束历时48天的访苏行程,圆满地完成了中共中央交给的任务,带着科瓦廖夫和220名苏联专家同车回到中国。

刘少奇这次访苏,是中国共产党建国前夕一次重大的外交活动,使苏共领导人对中国革命有了更进一步的了解。刘少奇访苏达成的协议和共识,为毛泽东以主席身份正式访苏打下了基础,同时也拉开了苏联大规模援华的帷幕。

### 巨人的握手

中华人民共和国成立后,除了继续解放尚在国民党残余势力盘踞之下的国土外,恢复和发展经济,是新政府面临的头等大事。在军事斗争取得完全胜利后,怎样在一个积贫积弱的落后的农业国发展工业,初步建立独立完整的工业体系,一直是毛泽东思考的问题。

1944年5月22日，毛泽东在延安举办的一次招待会上就指出："日本帝国主义为什么敢于这样地欺负中国，就是因为中国没有强大的工业，它欺侮我们的落后""要中国的民族独立有巩固的保障，就必需工业化。我们共产党是要致力于中国的工业化的""中国社会的进步将主要依靠工业的发展""没有独立、自由、民主和统一，不可能建设真正大规模的工业。没有工业，便没有巩固的国防，便没有人民的福利，便没有国家的富强"。

1949年9月29日，全国政协一次会议通过的《共同纲领》规定：

> 应有计划有步骤地恢复和发展重工业为重点，例如矿业、钢铁工业、动力工业、机械工业、电器工业和主要化学工业等以创立国家工业化的基础。

发展重工业需要资金、技术和大量的专业技术人才，这一切中国都没有，以美国为首的资本主义国家非但不帮助中国，还规定不许私人企业到华投资，对中国实施全面封锁和禁运。1949年11月，美国拉拢十几个主要的西方资本主义国家在巴黎成立对社会主义国家实行禁运和贸易限制的国际组织"输出管制统筹委员会"，简称"巴统"，通过"巴统"对中国实行最严厉的封锁，声称"一颗螺丝钉也不给中国"，要把新中国困死在摇篮里。在当时，放眼世界，能给中国提供帮助、愿意帮助中国、有能力帮助中国的只有苏联一家，这也是为什么实行"一边倒"政策的原因。道理就是这样：要改变积贫积弱受人欺负的农业国——大力发展重工业——发展重工业需要资金、技术、人才——只有依靠苏联，没有其他的办法。刘少奇到苏联去代表中共做了政治表态，提出了要求和愿望，斯大林做了令人满意的答复。现在，这一切都需要毛泽东代表国家政府最后拍板，到苏联去，已经是此时最为迫切的任务。

1949年12月21日是斯大林70寿诞，世界社会主义国家以及共产党和工人党都派出代表到莫斯科为他贺寿，中国也不例外。中共中央决定，由毛泽东率领中国党政代表团到苏联进行正式访问。

斯大林对中共的政策自刘少奇来访之后，似乎就再没有摇摆了，他承诺了中方提出的一切条件和要求。1949年10月1日，中华人民共和国宣布成立，第二天，苏联政府就承认并宣布与中国建立大使级外交关系。曾经担任苏联驻国民党政府北平领事馆总领事的齐赫文斯基回忆说：

> 1949年9月底，我接到邀请，参加中华人民共和国开国大典。在盛大阅兵仪式结束后，人们仍然不肯离去，在广场上载歌载舞。周恩来的秘书过来告诉我，周总理要我等一下，有封信交给我。过了一会儿，周总理的秘书给我一封信，内容是：中华人民共和国中央人民政府为"代表中华人民共和国全国人

民的唯一合法政府。凡愿遵守平等、互利及互相尊重领土主权等项原则的任何外国政府，本政府均愿与之建立外交关系"。

我阅完信，立即译成俄文，让领事馆工作人员发回莫斯科。由于时差关系，收到我的电报时，斯大林还在工作。他立即指示苏联所有报刊发表中华人民共和国成立的消息，并决定苏联与中华人民共和国建立外交关系。10月2日，苏联政府把它承认中华人民共和国、决定与之建立外交关系，并任命我为苏联驻中华人民共和国大使馆临时代办的文件正式交给中方。这样，苏联成为第一个承认中华人民共和国的政府。

（1999年9月8日《光明日报》王宪举：《著名汉学家齐赫文斯基首次透露50年前中苏建交经过详情》）

得知毛泽东已经做好访苏的准备后，斯大林正式向毛泽东发出邀请。毛泽东立即复电："菲利波夫（斯大林与中国领导人联系时使用的化名）同志：感谢你欢迎我到莫斯科去。我准备于12月初动身。"

11月25日，毛泽东主持中共中央政治局会议做出决定："定于12月初赴苏。"

12月6日，毛泽东登上北上的专列，前往莫斯科。这是他生平第一次出国访问。随行人员有陈伯达、师哲、叶子龙、汪东兴等。

苏联方面由苏联驻华大使罗申、苏联援华专家总负责人科瓦廖夫陪同。

毛泽东这次访苏，主要是同斯大林就中苏两国间重大的政治、经济问题进行商谈。虽然刘少奇出访时代表中共所谈的要求与愿望，尤其是针对不平等的《中苏友好同盟条约》和对华经济援助，斯大林已经全部承诺："1945年签订的中苏条约是不平等的，因为那时是与国民党政府打交道，不能不如此，待毛泽东来莫斯科后再解决这个问题。"废弃不平等条约，重新签订建立在平等、互利、友好、合作的基础上的新条约，这是要为中华民族扭转历史，毛泽东重任在肩。

隆冬的北京，北风如同针扎。晚上6点多钟，天色渐暗，毛泽东身着专为他定制的皮大衣，满面笑容，在西直门火车站登上专列。他向送行的人挥了挥手，火车汽笛长鸣，缓缓启动。

这列专车陈设讲究，富丽堂皇。随行的铁道部长滕代远告诉毛泽东，这列专车是美国人送给蒋介石的，听说他一次也没有坐过，仅宋美龄坐过一次。但这辆美国产的火车并没有想象的那么好，在天寒地冻的东北不断出故障，先是动力下降，过小兴安岭就爬不动了，不得不再调一台车头在后面，前拉后推。后来暖气管冻住了，车厢里只有5摄氏度。毛泽东风趣地说："看来迷信洋人不行啊！"

领袖出国访问乘坐的专列尚且如此,从一个侧面可以看出,当时中国铁路的管理水平和保养维修技术水平都处在较低的层次。如果有正常的管理维护程序,领袖出访前应该彻底检修专列,这是最起码的工作。正因为如此,毛泽东在和滕代远说起此事时问:你们以前都干什么去了?

车到满洲里中苏边界,苏联一位副外长带来一列苏联专列和斯大林的警卫队长前来迎接毛泽东。北京到莫斯科八千多公里,列车整整跑了十天。

1949年12月16日,苏联,莫斯科雅罗斯拉夫火车站。连续几天的暴风雪使莫斯科的气温降到零下20多度,整个城市到处冰封雪盖、银装素裹。虽然莫斯科天寒地冻,但雅罗斯拉夫车站大厅内却热气腾腾,挤满了人,其中最引人注目的是,除了斯大林外,苏联共产党中央政治局全体成员都集中在大厅内等候毛泽东到来。雅罗斯拉夫车站站台上,苏联红军仪仗队军容严整,枪刺上闪耀着寒光,身材魁梧的战士们排成整齐的迎宾队列,在严寒中一动不动,如同一组雕像。

莫斯科时间12点整,机车喷吐着白色的烟雾,拉着专列缓缓进站。苏共中央政治局委员莫洛托夫以及其他苏共中央政治局委员一起来到车厢门口迎接远道而来的毛泽东。身穿深咖啡色皮大衣,头戴皮帽的毛泽东面带笑容走下车来，与前来迎候的苏共中央领导一一握手问候。在高亢的"乌拉"欢呼声中，毛泽东检阅了苏军仪仗队，紧接着又发表了简洁的讲话。欢迎仪式结束后，毛泽东一行立即驱车前往位于莫斯科郊外的斯大林孔策沃别墅。根据苏方的安排，毛泽东访苏期间下榻于此。当日下午6点，毛泽东与斯大林的双手紧紧握在一起，中苏两国领袖开始了历史性的会晤。

两人是第一次见面，斯大林说毛泽东比他想象中更年轻，更健壮，他对中国革命取得的伟大胜利表示祝贺。

两位领导人的会晤极富戏剧性，虽然中苏都是共产党领导的社会主义国家，但作为两国领袖，自然希望在建立友谊的同时，更多地维护本国的利益。两人第一次见面后，关于是否签订新的中苏条约取代过去苏联与国民党政府签订的旧条约，斯大林希望保留旧条约中于苏方有利的条款以维持苏联的利益。事关国家主权，毛泽东当然不能同意，双方谈判遇到困难，斯大林一度采取回避与拖延的策略，自斯大林寿诞庆祝仪式过后，斯大林一连十余天不与毛泽东见面，将毛泽东"晾起来"了。对于一国元首，这是极为不礼貌的行为，斯大林或许是想以此来试探毛泽东的对策。毛泽东对此极为不满，对前来看望的苏方联络员费德林和科瓦廖夫发火：

我到莫斯科来，不是单为斯大林祝寿的。你们还要保持跟

国民党的条约,你们保持好了,过几天我就走。我现在的任务是三个:吃饭、拉屎、睡觉。

(1963年2月23日,毛泽东会见苏联驻华大使契尔沃年科时的谈话记录。摘自《党史回眸》:《毛泽东第一次访苏》)

毛泽东的态度显然对斯大林产生了触动,由于条约问题导致毛泽东在苏联停留时间过长,国际上谣言四起,迫于压力,斯大林的态度有所转变。根据毛泽东的提议,周恩来、李富春等中央领导也来到莫斯科参与新条约的谈判与起草工作。经过反复讨论协商,双方最后终于达成一致意见。

涉及主权的三个重要问题,基本上已得到符合中方意见的解决。

1950年2月14日,签字仪式在克里姆林宫隆重举行。周恩来和维辛斯基代表本国政府在《中苏友好同盟互助条约》《关于中国长春铁路、旅顺口及大连的协定》《关于苏联贷款给中华人民共和国的协定》上签字。他们的身后并排站着毛泽东、斯大林,以及中方李富春、陈伯达、王稼祥、赛福鼎·艾则孜,苏方莫洛托夫、伏罗希洛夫、马林科夫、米高扬、赫鲁晓夫等。

从1949年12月16日到达莫斯科与斯大林举行第一次会谈,到1950年2月14日签订《中苏友好同盟互助条约》,用了差不多两个月的时间。在订不订新约这个主要问题上,一开始,毛泽东与斯大林之间发生了根本分歧,相持近半个月。在涉及国家主权和民族利益的重大问题上,毛泽东从不让步,即使对在国际共产主义运动中享有至高无上领袖地位的斯大林也不例外。最终斯大林改变了观点,同意签订新约和其他协定。

应该看到,鉴于中苏双方当时的历史状况,毛泽东在坚持原则的前提下,也做了必要的妥协和让步。在中长铁路谈判中,苏方最初不愿交还,中方坚持,最后苏方同意归还中国,但在归还前的过渡时期内共同经营的股额问题上,中方作了让步,最后达成协议。

随着《中苏友好同盟互助条约》的签订,1945年国民党政府和苏联政府签订的不平等的《中苏友好同盟条约》被废弃,有关中长铁路和大连旅顺军港的主权回到了中国。在条约中,中国没有给予任何国家包括苏联在中国拥有超出正常国家关系的特权。一个贫弱的新成立的国家领导人在维护国家主权的问题上,有着钢铁般的意志,这也是让斯大林对毛泽东刮目相看的地方。

以后在谈到莫斯科谈判时,毛泽东说,斯大林还是可以跟人家妥协的。我们跟他就有不同意见,我们要订中苏条约,他不要订。等到他答应订了,我们要中长铁路,他就不给。但是老虎口里的肉还是可以拿出来的。

毛泽东第一次访苏取得了令人满意的成果。这次访苏，维护了中国的民族尊严和国家主权，提高了中国的国际地位，用条约的形式将中苏友好合作的关系固定下来。这对于巩固新生的中华人民共和国政权，为迅速恢复国民经济、迎接大规模经济建设的新时期创造了前所未有的良好外部条件。同时，在国际上也产生了重大影响，引起了有利于社会主义与和平力量的变化。毋庸讳言，苏联领导人特别是斯大林的一些大国主义作风，也给毛泽东留下终生难忘的印象，成为以后两党两国发生分歧的根源。

国家主权遗留问题解决了，经济援助问题成为毛泽东关注的重点。1月22日，在与斯大林的会谈中，毛泽东提出，在即将签订的中苏友好条约中，最重要的问题是经济合作。帮助中国建设工业化以增强中国的国家实力，对维护远东的和平，增强社会主义阵营的实力有重要的意义，符合中苏两国的共同利益。两国在给中国经济援助和派遣顾问专家到中国帮助加强军队建设和工业建设上达成一致。2月14日同时签订了苏联政府给中国政府贷款的协议。贷款协议规定，苏联以年利率1%的优惠条件贷款给中国3亿美元，用以偿付为恢复和发展中国经济由苏联交付的机器设备与器材费用。中国政府以原料、茶叶、现金等分10年付还贷款及利息。

2月17日，毛泽东结束访苏之行，同周恩来等一行14人登上回国的专列。沿途参观了苏联的一些城市和工厂，3月4日回到北京。

在苏联参观时，毛泽东特别留意考察苏联经济建设的经验。据随同毛泽东访苏的卫士李家骥回忆，当年毛泽东在离开莫斯科回国途中，每下车访问一个城市，就去参观工厂，看得认真仔细，不断地向工厂负责人询问工厂的情况。在斯大林汽车厂，看到流水线上鱼贯而出的汽车，毛泽东兴奋地对随行人员说："我们也要有这样的汽车厂。"

1950年3月3日，毛泽东回国途经沈阳，在欢迎他的东北局高级干部会议上讲了他的访苏观感："我们参观了苏联一些地方，使我特别感兴趣的是他们的建设历史。他们现在的工厂有很大规模，我们看到这些工厂，好像小孩子看到了大人一样，因为我们的工业水平很低。我们参观了列宁格勒、莫斯科、西伯利亚的几个工厂，我们又看到了那些已经发展起来的农庄……他们现有的许多大工厂在十月革命时很小或者还没有。汽车工厂、飞机工厂在十月革命时只能搞修理，和我们现在差不多，不能造汽车，不能造飞机。过了若干年以后可以造一些，但造的数目也很少。他们那时比欧洲小国丹麦造的汽车还少，而现在一个工厂一年能造出几万台。这一历史告诉我们一些什么呢？这就是说，我们现在可以从极小的修理汽车、修理飞机的工厂，发展到制造汽车、制造飞机的大工厂。现在没有

的,将来我们可以制造出来。第一个社会主义国家发展的历史,就给我们提供了最好的经验。"

建设一个以大工业为基础的新中国,是毛泽东几十年来为之奋斗的目标。"由农业基础到工业基础,正是我们革命的任务。"十月革命的时候,苏联的工业不是很弱小吗?然而今天的苏联却有了许许多多大规模的工厂。从苏联的建设历史中,毛泽东看到了中国的将来,看到了中国的希望。中国虽然还很落后,工业水平很低,但是中国会很快地发展起来,也会像苏联一样,有自己的大工业。

# 第四章
/ "156 项目"

## "5·15协定"

毛泽东、周恩来等人离开苏联后，由时任政务院副总理的李富春、驻苏大使王稼祥以及叶季壮、刘亚楼、赛福鼎·艾则孜、伍修权组成新的中国政府代表团留在苏联，继续谈判经济项目并签订一些单项协定。

他们的谈判是刘少奇、毛泽东谈判的继续和细化，苏联援助中国的承诺就体现在每一项具体谈判内容中，极为重要。中共领导人的设想是要依靠苏联的援助，初步建立自己的工业体系。授人以鱼不如授人以渔，送给你一条鱼，只能解决一时之需，教会你捕鱼的方法，则能解决长久之需。我们不要一两个单项的援助，我们需要的是初步建立自己的工业体系。这是极具远见的战略。

什么是工业体系呢？以汽车为例。汽车是现代工业化产品的集大成者，也是终端产品。一辆汽车上集中了机械、冶金、化工、电子等多达数百种零部件，每个零部件又源于从原材料到成品的加工过程。从原材料到成品，都需要经过采矿——冶炼——成型——

机械加工——成品,所有成品还需要装配——包装后才成为终端产品即商品。而采矿需要经过勘探——选址——开挖——运输等一系列过程。冶炼又需要勘探——选址——建设高炉、平炉、转炉等设备——冶炼——型材等一系列过程。冶炼需要电力,需要水,又要按照相同的程序建设发电厂、自来水厂。钢铁厂出来的型材不能直接用,要根据产品的需要进行机械加工。机械加工需要各类工作母机如车床、刨床、磨床、铣床等,各类机床加工需要刀具、磨具,又要建设相应的生产刀具、磨具的工厂。机械产品的生产和工作还需要化工、电子等门类不同的产品组合,电子、化工又需要前述的类似程序。光有这些还不够,还需要各类研究所、设计院支持,这些都需要有各种专门技术的工程技术人员。培养工程技术人员,又需要建设初级、中级、高级的各类院校。由此类推,这就是工业体系的基本构成。飞机、坦克、舰船、大炮、汽车、火车是这个体系的终端产品,没有这个体系,或者体系不健全,就不可能有完整的终端产品。具有完整工业体系才能实现独立自主、富国强兵、造福人民,中共领导人就是想要建设这样一种体系。

　　要与苏方谈判建设这个庞大繁杂的现代工业体系,需要具备从宏观到微观的专门人才,很显然,留在莫斯科的代表团没有这样的专门人才。基于这个考虑,中共中央致电谈判代表团:关于工业体系建设的具体项目，可以先同苏联政府谈总体设计合同，由苏联先派设计组来华，根据建设工业体系所需，结合中国国情作出总体设计后再确定具体项目，将新建工厂与改装原有老厂的计划结合起来，将供应目前需要与供应将来需要结合起来。根据这一设想，中苏双方商定，1950年至1952年初，苏联先后共向中国派遣专家设计组三批，第一批16位苏联专家是1950年毛泽东、周恩来在苏联时聘请的；第二批3位苏联专家是朝鲜战争发生后为建立北满基地而聘请的；第三批苏联专家设计组是1951年聘请的。三批苏联专家组帮助设计的建设项目共有42个。

42个项目的种类和地域分布为：

东北30个：电力、钢铁、煤炭、制铝等20个，机械、化工、造纸等10个；

关内6个：太原、重庆、西安、郑州4个电站及太原肥料厂、染料厂；

新疆5个：发电厂和医院；

内蒙古1个。

至1952年1月，已作出初步设计并予以批准的有15个。

协议签订了还是纸上的东西，要将这些协议付诸实施，还要做大量工作。就在中苏双方开始为这些项目实施开展具体工作时，朝

鲜半岛突然爆发的战争震惊了世界。朝鲜战争改变了亚洲远东地区的战略格局，也直接影响到了中国和苏联。

1950年6月25日，朝鲜战争爆发。战争初期，韩国军队一溃千里，朝鲜人民军一度打到釜山。为了保护自己的亚洲利益，遏制所谓"共产主义影响的扩张"，美国在联合国纠结了十几个国家，以联合国军的名义出动大军在仁川登陆，利用其优势的军力，将侵略战火烧到了鸭绿江边，直接威胁到了新中国的安全与和平建设。

刚刚成立一年的新中国正在医治战争创伤，恢复国民经济，西南和东南沿海还有一些地方尚未解放，几十万国民党残余势力还在各地蠢蠢欲动，中国的实力还非常孱弱。面对美国的战争冒险，苏联表现得相当保守。第二次世界大战给苏联造成了惨重的损失，此时距离战争结束不过五年时间，苏联人民还在医治战争创伤。如果此时和美国在朝鲜发生冲突就有可能将苏联再次拖入一场胜负难料的战争中，这是斯大林竭力避免的事情。当中国政府应朝鲜政府的请求决定出兵朝鲜，帮助朝鲜人民抗击美国侵略的时候，苏联缩手缩脚，不敢正面援助朝鲜。中国国内也有相当部分人认为，新中国刚刚成立，百废待兴，人民群众的生活极度困难，没有海军、空军，仅有"小米加步枪"的陆军，以这种力量和武装到牙齿的世界头号强国美国交战，几乎没有胜算，如此情况下，中国首先要自保，不要介入朝鲜战争。

关键时刻，毛泽东高瞻远瞩。他认为，中国目前的确非常困难，但如果美国占领朝鲜陈兵鸭绿江边，让中国的东北处在敌人的枪口下，到那时，东北有美军及韩国军队威胁，东南边有蒋介石匪军蠢蠢欲动，两面受敌，中国的经济建设也不可能实现。为了打压美国的狂妄气焰，为了保卫新生的中国，经过与苏联协商，毛泽东决定出兵抗美援朝。出兵前，中方与苏联协商，要求苏联出动空军参战。由于担心与美国发生正面冲突，在同意向中方提供军用物资保障外，斯大林拒绝出动空军支援。在没有苏联空军支援的险恶情况下，1950年10月19日，中国人民志愿军雄赳赳、气昂昂，跨过鸭绿江，打响了震惊世界的抗美援朝保卫战。

朝鲜战争的爆发，是对中苏领导人的战略眼光、能力、意志、决心的真正考验。在极其艰苦的条件下，志愿军承受了巨大的牺牲，硬是将以美国为首的联合国军赶过三八线，将战线基本稳定在战争爆发前的态势。美军再也无力向北方发动攻势，战争进入相持阶段。

虽然没有直接介入战争，但斯大林明白，正如毛泽东和周恩来多次强调的，从某种意义上说，中国在朝鲜前线的浴血苦战也是在为苏联而战，为世界革命而战。所以，苏联有义务满足中国的要

求。中方要求苏联在1953年1—4月供应624门各式火炮和235.5万发各类炮弹。斯大林说这超出了苏联的供应能力,因为按原计划,苏联应在1953年向中国提供20个师的武器和弹药,其中已包含有1 320门火炮和80万发炮弹。不过,考虑到中国所做的牺牲和战场的实际情况,斯大林答应1953年再增加供应332门火炮和60万发炮弹。毛泽东回电同意按此数量供应,但要求必须在1—4月,而不是苏联所说的年内平均提供。1月15日斯大林回电表示同意,但又提出给志愿军20个师的装备供应推迟到5月。毛泽东再提出,中国将派出海军部队到朝鲜作战,要求苏联在2月份即提供18艘鱼雷快艇、60门岸炮、103架飞机。斯大林回电赞同中国出动海军的决定,在一定程度上满足了毛泽东的要求(18艘鱼雷快艇、34门岸炮、83架飞机),并答应增派3名海军航空兵顾问。

抗美援朝战争期间,苏联总共向中国提供了64个陆军师、23个空军师的装备,大部分装备系有偿(半价)提供,就此中国欠下苏联军火债30亿人民币,在当时折合13亿美元。1955年苏军从旅顺撤退时,又移交了折价9.8亿人民币的装备。这些军事欠款,占了中国对苏欠款总额的六成以上。截至1954年,中国用苏制武器和仿制品装备了106个步兵师、18个地面炮兵师、8个高炮师、3个坦克师,淘汰了来自十几国的杂乱武器,在历史上首次实现了全军装备标准化、序列化，并由几乎单一的步兵发展为诸多兵种的合成军。彭德怀对这一装备进步曾总结说：短短几年超过了旧中国几十年的建设。

斯大林如此尽力满足中国的要求，究其根源还在于苏联与中国的基本利益的一致性。对于斯大林来说，最有利的局势是处于不战不和的状态，既不扩大战争——以免将苏联卷入冲突，也不实现停战——以便把美国长期拖在朝鲜战场，消耗它的实力。在战与和的两手准备中，毛泽东的策略是，只要条件有利就把战争坚持下去，直到对方让步为止。苏联提供的大规模的及时的援助，更坚定了中国的信心。

1952年，经过几次攻势战役，志愿军已经基本掌握了朝鲜战场的主动权。鉴于朝鲜战争一时还难以结束，国内经济建设更显急迫，经过反复研究，中共中央及时确定了"边打、边稳、边建"的决策方针。根据这个决策，1952年，政务院总理周恩来开始着手主持中国第一个五年计划的编制工作。

第一个"五年计划"的目标是要彻底改变中国贫穷落后的面貌，为把中国建设发展成现代工业强国奠定基础。周恩来强调："为了实现我国的工业化，就必须主要依靠新的工业特别是重工业的建设。"第一个"五年计划"的关键是要争取苏联援建中国一批大型

工业企业项目,初步建成自己的工业体系。周恩来亲自率政府代表团赴苏谈判,力争以政府间的正式协议来给予保证。

1952年3月11日,周恩来主持起草的《中国经济状况和五年建设的任务》完成。文件强调,这五年建设的基本任务是:

> 为国家工业化打下基础,以巩固国防,逐步提高人民的物质生活和文化生活,并保证中国经济向社会主义前进。

该文件的第五部分就是商请苏联援助事项。为使苏联提前有所准备,中国政府将这一文件的俄文译本送交苏联政府。

1952年8月17日,周恩来、陈云率大型政府代表团抵达莫斯科。周恩来此行的目的,除了就一些双方关心的问题交换意见外,主要是寻求苏联政府的经济援助,希望苏联政府协助解决地质勘探、工业设计、工矿装备、器材订货、技术援助(包括专家、留学生、实习生、蓝图等),并争取中国五年计划装备订货中的货款差额由苏联政府提供贷款。

周恩来与斯大林举行了两次会谈。在8月20日的会谈中,周恩来就拟建设的工业企业的设计与施工、派遣苏联专家、培养中国经济技术科研等部门所需人才等向斯大林提出请求,希望再向中国派800名苏联专家,允许中国政府派中国青年前往苏联学校学习,派中国实习生前往苏联工业企业实习。周恩来还请求通过提供技术资料给予中国科技援助。

对于如何开展即将开始的工业化建设,中国人显然没有多少经验。在开始的会谈中,苏方发现中方提出的要求与建立工业体系的设想和相关产业的结构、比例存在问题。中方坦率地承认存在的问题,希望苏方给予指导和帮助。苏方决定,由苏联计划委员会14个副主席分别给代表团成员介绍苏联国民经济的基本架构,各行各业在国民经济体系中的比例等相关问题。

曾任国家计委主任的袁宝华当时是谈判代表团成员,他回忆道:

> 在进行正式项目谈判之前,我们还集中了一段时间,请苏联各部门的负责同志给我们讲授怎样做计划工作。最早提出这一想法的是苏联部长会议副主席、国家计划委员会主任萨布罗夫。1953年1月26日确定了讲授内容,1月30日开始讲课。在近一个月的时间里,苏联计划委员会的14位副主席前后讲课20次……
>
> 苏联专家讲授的主要题目有:
>
> 国民经济计划工作的组织和国民经济计划的平衡方法;工业生产计划;黑色冶金生产计划;有色冶金生产计划;燃料工业计划;电力计划;机器制造工业计划;基本建设计划;

劳动计划；干部教育及技术人员与工人的分配；人民财政收支计划；商品周转计划；农业计划；财务计划；物资供应与物资平衡计划；统计工作；新技术计划。此外还请了苏联建设事业委员会、冶金部的专家讲了"苏联建设事业委员会机构设置""都市改建问题""苏联地质工作问题"等。

（《中国共产党与156项目》，中共党史出版社2015年8月版，第729页）

9月3日，斯大林与周恩来举行第二次会谈，讨论中国经济发展和苏联在这方面给予援助的问题。周恩来强调，中国"一五计划"的实现"取决于中国人民的努力和中国期望从苏联那里得到的援助"。周恩来介绍了中国"一五计划"建设的规模："初步拟定建设151个工厂，而航空工业企业、坦克制造和船舶制造企业除外。现在已将151个工厂压缩为147个工厂。"

作为苏联新的伙伴和盟友，基于中国在远东的地位以及中国在朝鲜战争中所做出的巨大民族牺牲和承受的沉重经济和军事压力，斯大林同意向中国提供更多的经济援助。

斯大林原则上接受了中国政府的全部要求，在中国第一个"五年计划"中向中国提供经济援助。9月15日，双方发表了"联合公报"。9月22日，周恩来、陈云等17人回国，指定李富春代理团长之职，继续留在苏联全权领导以后的谈判工作。这以后，中苏之间的谈判主要由李富春和米高扬主持进行。

谈判漫长而艰苦。中方提出的项目复杂庞大，要求设计和供货的时间又短，自身又缺乏技术专家，有很多待建项目需要的基本数据都拿不出来。袁宝华回忆：

> 4月初，……苏联各部门的负责人开始和我们进行谈判。我负责冶金项目的谈判。我的谈判对手是苏联计委负责冶金工作的副主席，这个人对项目抠得非常细，他要我们把每个项目都讲给他听，然后再向我们提问题要我们回答。因为我们没有搞现代工业项目设计的经验，好多问题一时回答不出来。特别是我们国内的工业项目做得太粗，很难满足设计项目的要求，尤其是冶金项目，许多矿山资料不完整，勘探资料远远不能满足设计的需要，这方面资料不全，给谈判带来很多困难……很多项目都谈不拢……迟迟达不成协议。
>
> 其他领域也是一样艰苦。沈鸿负责机械工业项目谈判，由于我们提出的项目多，苏联方面抠得厉害，谈判过程中，几乎天天吵架。

（《中国共产党与156项目》，中共党史出版社2015年8月版，第729页）

苏联国家计委的领导说，中国是大国，所提的项目多，工作量大，苏联自己也有大量的建设工作，这么多的援助项目势必要影响

苏联自己的建设计划，现在要给中国提供从设计到设备制造到材料供应直到安装调试和生产，的确不堪重负。他们表示，为了中国的这些援助项目，仅设计单位就增加了3万人。正因为这些原因，谈判从冬到春，持续了9个多月，从1952年9月一直谈到1953年5月。

旷日持久的谈判直接影响了国内第一个"五年计划"的制定，毛泽东也很着急。1953年初，周恩来受托秘密到莫斯科会见斯大林，向斯大林陈述中国经济的基本状况并再次要求苏联为中国工业化提供广泛援助。周恩来再次通报了中国第一个"五年计划"的制定情况。他指出，该计划的核心是工业化问题。鉴于中国的现实，中国的工业化必须有苏联方面的广泛援助才能实现。周恩来非常具体地谈了中国方面的要求。斯大林这时的身体已很不好，但他对周恩来所提问题很重视。斯大林强调，"苏联人民在任何时候都不会在中苏关系的发展上袖手旁观"。斯大林答应苏方将继续与李富春为首的中国政府代表团谈判这些问题。同时，斯大林也表示，要完成这些援助项目对苏联的压力并不轻，卫国战争结束不过七八年，苏联目前也正面临着大规模的国民经济恢复工作。他举例说，为了保证中国年产1 300万吨钢，仅冶金工业一项就得在中国援建3-4个苏联马格工业尼托戈尔斯克冶金联合企业那样规模的工厂。

1953年3月，斯大林逝世，周恩来率中国党政代表团专程前往吊唁。同时，与苏联新领导人赫鲁晓夫再次谈援建问题，得到了苏方肯定的答复。其间，李富春等一直留在莫斯科与苏方谈判。

1953年3月，艰难的谈判终于有了眉目，李富春在莫斯科向中央政府报告：

> 经过商谈，苏联政府在详细地研究了我们所提出的项目草案后，同意满足我国政府的要求。决定在1953年至1959年内援助中国建设91个项目，同时完成1953年4月以前援建的50个企业，共为141个。对于这些企业，从选择厂址，搜集设计基础资料，确定企业的设计任务书，进行设计，供应设备，指导建筑安装和开工运转，一直到新产品的制造，无偿地提供新产品的技术资料，总之是从头到尾地、全面地给予援助。为了帮助中国掌握这些企业，苏联每年接收1 000名工人和工程技术人员到苏联企业进行生产技术实习，还要派遣大批专家来中国。这包括：
>
> 1.五个专家组。一是黄河、汉水的综合规划组，以解决总体利用黄河、汉水的水利和水力资源问题，对现有资料给以鉴定，并帮助制定规划和勘测工作计划；二是电气化组，帮助制定电气化远景规划；三是黑色冶金与有色冶金组，帮助制定发展黑色冶金和有色冶金的远景计划；四是机器制造工业组；五

是造船工业组,帮助研究与制定造船企业的设计。

2.一个森林航测专家组。帮助中国在内蒙、东北、西南2 000万公顷的林区进行航测,并制定开采规划。

3.200名设计专家和顾问,帮助建立工业企业设计机关,培养设计干部,介绍先进的设计工作经验并进行工业企业的设计。

4.增派30名地质专家和顾问,帮助组织地质工作,进行勘探,帮助进行人员培训。

我国第一个五年计划如果没有苏联专家的上述帮助,就不可能有如此大的规模和速度,我们将会遇到不可想象的困难。

(李富春关于与苏联政府商谈对我国援助问题的报告《党的文献》1990年5期第359—364页)

1953年4月4日,米高扬向李富春通报了苏共中央、苏联国家经委对中国"一五计划"的意见:一是增长速度不要过高,摊子不要铺得太大;二是中方自己要做好诸如地质资料这样的基础工作;三是要在发展重工业的时候不要忽视轻工业和手工业,这样既能解决就业也能快速积累资金;四是要注意农业和重工业之间的平衡;五是铁路建设意义重大;六是要注意做好财政和物资平衡。米高扬专门强调,在编制国民经济长期发展计划时,一定要注意平衡,平衡是编制国民经济发展计划的基本方法，一旦发展失衡，再调整就费劲了。

4月17日，李富春派时任财经委计划局局长宋劭文回国汇报谈判情况。毛泽东亲自主持，宋劭文汇报了谈判进程。周恩来问："为什么谈判拖了这么长的时间？"

宋劭文回答："苏联方面对计划的平衡工作要求很高，对我国地质资料、技术水平和生产能力问得很详细，而我们在这方面的准备工作做得不足，使项目选址、施工设计、设备分交、技术人员的培训等计划内容的落实，花费了不少时间。"

在汇报到苏联专家给代表团讲课时，周恩来对苏联专家说的一段话非常感兴趣：

总产值的增长速度，要高于职工人数的增长速度，这样才能保证劳动生产率的提高；劳动生产率提高的速度要大于工资增长的速度，这样才能保证国家的积累；技术人员增加的速度要快于工人增加的速度，这样才能保证技术提高的速度。

他认为，这个观点可以指导中国以后的经济工作。

汇报中谈到，苏方砍掉了"一五计划草案"中三类项目，一是没有地质资料的；二是中国自己能办的；三是当前不急需，过几年才办的。周恩来对此表示赞成苏方的意见。

4月30日,周恩来起草了中共中央致李富春的电文,对双方谈判进程、结果及中方立场给予了明确指示。电文称:"请向米高扬表示:(1)中共中央、中国政府与毛泽东完全同意苏联政府提出的《关于苏联政府援助中国政府发展中国国民经济的协定》等8个文件,并完全满意和感谢苏共中央和苏联政府给予中国人民和中国政府这样巨大的全面的长期援助。(2)授权李富春为全权代表签订这些文件。"

1953年5月15日,李富春和米高扬分别代表两国政府签订了《关于苏维埃社会主义共和国联盟援助中华人民共和国发展国民经济的协定》等8个文件,这就是"5·15协定"。协定规定:1953至1959年苏联将援助中国兴建91个工业企业项目,加上1950年签约援助的50个,共计141个。

这次谈判中,一部分项目是中方原来未提、苏联方面提议并经中方同意增加的,如电工方面的绝缘材料厂、高压瓷瓶厂等。苏联完成这些企业的70%-80%的设计工作、50%-70%的设备制造,其余设计与设备制造工作由苏联专家帮助中国企业完成,并向中国无偿提供产品制造特许权,其余部分总值约为30亿-35亿卢布。为偿付以上设备和技术援助,中国政府将按质按量向苏联供给钨精矿16万吨、锡11万吨、钼精矿3.5万吨、锑3万吨、橡胶9万吨以及羊毛、黄麻、大米、猪肉、茶叶等。

这141个企业，从采矿——冶炼——能源（煤炭、石油、电力）——化工——机械制造——汽车、拖拉机、坦克、飞机、舰船、大炮等，基本构建了中国工业体系的初步框架。

按照上述协定，到1959年这些项目完工时，中国钢铁、煤炭、电力、石油等主要重工业的产能，与苏联第一个五年计划的水平相当，接近或超过1937年日本的水平。

**赫鲁晓夫与"156项目"**

"5·15协定"签署后，中苏双方即开始落实协定。这是一项巨大而细致的工作，其间有大量具体的工作要做。作为提供援助方，苏方要到项目现场做大量的调查，掌握各种资料才能开始设计工作。这期间，中方又不断地对项目和设计任务书提出重大的补充和修改意见，与之相关的各个项目之间的谈判还在不断地进行。按照中国政府的计划，第一个"五年计划"在1953年9月就要进入实施阶段，但苏联专家对项目实施的各项基本情况和数据要求很细，而中方缺乏这方面的资料和数据，即使苏联专家要，中方也因没有专业人才拿不出来，导致各个具体项目的谈判推进迟缓，离实施还遥遥无期，具体的"一五计划"迟迟无法出炉。毛泽东为此很着急，

多次催促负责这项工作的陈云和李富春。到了1954年初,毛泽东真急了,他给国家计委立下了"军令状",要求从2月25日起,一个月内无论如何也要拿出"一五计划"初稿。国家计委请求宽限,毛泽东只多给了5天时间。

中方的工作人员不是专家,再急也没用。在了解了详细情况后,周恩来决定再次去莫斯科。

1954年4月12日,在参加完日内瓦会议返回北京途经莫斯科时,周恩来在莫斯科作了短暂停留,并会见了新任苏共中央第一书记赫鲁晓夫。会见时,周恩来指出,以李富春为首的中国代表团已经和苏联有关方面做了大量的工作,从政治方面考虑,重要的还是要加快筹备签署一项协议。因为1954年9月30日中国要庆祝新中国成立五周年,拟邀请许多国家的首脑率代表团参加,首先是苏联代表团前来共庆中国人民这个隆重的节日。双方要在这些代表团到来前,签署一项高层次的经济协议,同时签署将大连、旅顺口和中长铁路移交给中国政府的协议,在政治上极为重要。4月14日,周恩来再次与赫鲁晓夫单独会谈,赫鲁晓夫认为,双方的谈判已不存在原则问题,现在需要解决的只是具体细节问题,他承诺,将督促苏方尽快加速谈判进程。

周恩来风度翩翩,外交辞令的背后传达出一个意思,苏联援助的项目进展太慢，直接影响到中国第一个"五年计划"的公布和实施，这是件很大的事情，请苏共总书记关注此事。赫鲁晓夫当然明白周恩来的意思，他现在正需要中国共产党的舆论帮助。

赫鲁晓夫在斯大林去世以后，于1953年3月14日任苏共中央第一书记。赫鲁晓夫在苏联基层工作多年，1937年任乌克兰第一书记，苏联卫国战争中担任西南方面军政委，1945年战争结束后再次担任乌克兰第一书记，1949年担任莫斯科市委书记，进入苏联最高领导层。斯大林去世后，苏联党内出现严重的权力斗争，1953年6月，负责秘密警察的贝利亚被逮捕，12月18日被以叛国罪处决，赫鲁晓夫的权力得到进一步巩固。

由于斯大林长期个人垄断权力，赫鲁晓夫在苏联的威望和影响都有限。在社会主义国家阵营内，由于中国革命胜利和朝鲜战争胜利的影响，以及毛泽东高深的马列主义理论修养，赫鲁晓夫的威望也不及毛泽东。赫鲁晓夫要得到社会主义阵营各国的拥护和支持，就一定要得到毛泽东的支持。如何能得到毛泽东的支持呢？——尽全力促进已有援助项目取得进展，同时再给中国增加新的援助项目。赫鲁晓夫认为，这样做可以作为换取毛泽东支持的筹码。同时，从中苏结盟的战略意义考虑，中国强盛了，可以减轻对苏联的依赖，同时使苏联的东部有了可靠的屏障，再无安全忧虑。对中国

的援助是值得的，赫鲁晓夫认为，应该尽力满足中国同志的请求。恰逢中国政府邀请他参加建国五周年庆典，于是他立刻指示有关部门调整和增加对华援助内容，加快援助项目进度，以此作为他参加中国国庆的见面礼。

赫鲁晓夫办事还是很利索的。1954年9月，赫鲁晓夫首次访华前主持召开苏共中央主席团会议，决定增加对华援助，并在前述141项工程的基础上再增加15项工程，并提升技术含量，对实施项目的苏联专家提出要求，要他们做更多更细的工作，加快项目实施进度。

关于此事的前后经过，《纵横》杂志1998年第7期刊载了原苏联外贸部副部长科瓦尔的回忆文章《1954年赫鲁晓夫访华及援华方案始末》。作为当事人，科瓦尔的叙述精彩生动，摘要如下：

> 1954年初，周恩来从巴黎回北京途中，在莫斯科作短暂停留，会晤了赫鲁晓夫。过了一天，赫鲁晓夫把米高扬和我叫到他那里，让我们把与中国代表团谈判的过程详细汇报一下。在听我汇报前，他告诉我们，周恩来请他催一下对中华人民共和国重工业项目建设进行全面援助的谈判。因为中华人民共和国要举行成立五周年庆典，中国打算邀请一系列国家首脑率领代表团参加这个对中国人民来说是最为重要的盛事。首先邀请

的当然是苏联代表团。中国领导人认为，在苏联代表团访问北京以前或者访问期间，在高层次签订经济援助协议，以及向中国交还大连、旅顺港和中长铁路的协议，在政治上是至关重要的。

……这些问题对苏联经济来说是极为复杂的，在技术上也还不成熟。赫鲁晓夫只看事情的对外政治意义就做了决定，他根本不清楚事情的大小，不知道其中的困难和问题。我们手头上既没有中方的申请，也没有别的文件或者书面结算，我们只能在赫鲁晓夫面前作一些辩解。老练的米高扬基本上避而不谈。

赫鲁晓夫就这样开始了对苏中经济关系问题的初次审查。他决心很大，几乎不放过任何一个项目，他差不多全部否定了那些"难以实施"或者"对苏联本国经济有影响"的意见。他对罕见的长江大桥的建设方案表现出很大兴趣。修建兰州—乌鲁木齐—阿拉木图铁路的计划以及组织苏联—中国直达铁路运输的事，都激起他的特别热情。这条直达铁路那时叫作"莫斯科—北京"。

在讨论过程中，我一次又一次提请第一书记注意，苏联本国重型机器制造业的能力有限。我的观点越发激怒了赫鲁晓

夫，每一次他都断然地毫无根据地否定了我的意见。

……我试图把说过的事归纳一下：这么说，在总协议里，我们得包括进去22个黑色和有色冶金大型企业，23个矿井和煤矿企业，其中包括2个用稀有重型设备采掘煤和页岩的露天矿，11个生产能力巨大的化工厂，31个热电厂和水电站，这些项目是协议的核心和基础。这些项目所需的设备都是苏联重型机械部极短缺的物资，考虑到苏联国民经济所需要的供货已经列入计划，再安排大规模的生产实在难以承受，至于转出口这类设备，估计也很成问题。

赫鲁晓夫用愤怒的目光看着我，恨不得把我化为灰烬。显然，他已经永远把我列入敌对派的名单。因为在苏联正全力恢复苏维埃工业的那些年代，我对向中国提供大型设备的能力的估计，不能满足中华人民共和国政府的全部需要，破坏了赫鲁晓夫已经考虑成熟的访问北京的计划。

"折中大师"米高扬救了我，他说："不管怎么说，科瓦尔的意见也许值得听一听。……不能说他不了解我们向中国提供必要设备的能力有多大。"

米高扬建议跟李富春及他的专家们商定，部分设备到1960年以后供货。例如，炼钢能力为350万吨的包头冶金联合企业。

米高扬认为，按这个步骤准备协议，不会削弱协议本身的意义，不影响中国拟定的工业化计划，而赫鲁晓夫也能像他所希望的那样在中华人民共和国成立五周年庆典上就此发表演讲了。

赫鲁晓夫乐了，承认解决问题的办法已经找到。他指示抓紧谈判，以便尽早在苏共中央主席团和苏联部长会议审查与中华人民共和国的协议草案。米高扬请他指派外交部参加经济协议的制订，因为这些协议有如此重大的政治意义。至此，我开始准备与李富春代表团的谈判工作。

……赫鲁晓夫明白地告诉苏共中央主席团全体成员，苏联跟中国很快就要举行最高级会晤，这次会晤不能仅限于发表政治宣言、声明和外交议定书，还需要能够巩固联盟、加深友谊的经济援助，以便发展两国在政治、经济、文化、军事以及其他领域的最密切的合作。

米高扬召开了几次和李富春代表团谈判的各部委领导的会议，全面审议了政治、贸易及法律问题，还研究了贷款能力以及其他一些与此相关的最为复杂的国民经济问题。外交部方面负责此项工作的是部务委员会委员费多连柯，他曾在中国工作过，熟悉那个国家和人民。他本人为准备这次最高级别出访做

了重要贡献，找到并提出了解决许多重大问题的正确方法，维护了苏联利益。

在跟李富春"喝茶"的时候，米高扬很有分寸地让对方明白，在协议中不应掺杂"异味"，似乎关于在中国建设工业企业的建议是出自苏联一方。米高扬强调："中华人民共和国的工业化首先是中国的事。"他恳请中国方面改变外交策略。

最后一次在苏共中央主席团讨论苏联与中华人民共和国的协议及其他相关文件的最终方案，是在以赫鲁晓夫为首的苏联党政代表团1954年9月飞赴中国之前。启程定在9月27日，而代表团的工作人员，简直就像学生临考一样，9月25日这天还在夜以继日地紧张忙碌。

9月25日晚，米高扬再一次仔细读了全部协议及其他文件的草案，他拿起电话向赫鲁晓夫报告："我把准备在中国讨论的全部文件从头到尾仔细读了一遍，昨天在中央主席团发表的那些意见，文本中都体现出来了。文件已全部印好，出访前再没有什么问题了。再召开一次主席团会议未必适宜。咱们这样吧，你第一个，我第二个，签个'同意'，让科瓦尔开车到主席团其余各成员那里跑一圈，向他们报告已经作过的修改，并请他们也像咱们一样签个'同意'，就算是表决了。只是要么你、要么我给主席团各成员打个电话。"赫鲁晓夫同意了。我很快就从赫鲁晓夫那里回来，他对要在北京谈判的协议草案及其他文件都很熟悉，只就几个修改过的地方问了问，于是写上"同意，尼·赫鲁晓夫"。

我花了足够长的时间开车跑了一圈，中央主席团所有成员都仔细地阅读文件，他们看出了文件的分量及对苏中友好合作的意义，然后也像赫鲁晓夫和米高扬那样，郑重其事地写上"同意"，签上名。

伏罗希洛夫读了将近一个小时，把文件归还给我时说："你向米高扬报告，就说我反对。"

我赶回米高扬办公室的时候，赫鲁晓夫已经知道了这件事，并布置任务，要在第二天上午11点召开主席团会议。要我在主席团会议上汇报表决经过，并说明伏罗希洛夫反对。

第二天上午11点整，中央主席团所有成员全部到齐。当我被请进会议厅时，赫鲁晓夫立即吩咐我汇报表决经过，我简短地讲了一下。伏罗希洛夫听完我的汇报，点点头，意思是我说的情况属实。

接着赫鲁晓夫发言了，他说："科里姆，你怎么搞的？大家刚刚把这一切谈妥，马上就要出发去北京了，你却执拗起

来,要反对。这不行,到底怎么回事?你反对什么?"

伏罗希洛夫的回答很干脆:"我认为,我国现在到处依然可见战争留下的创伤,还担负不起中国这样的事。这要搞多少设计,提供多少复杂设备!这得我们几千名专家去干。此外,还是在不久前,我们讲过我们对日本宣战还有另外一个目的,就是要收回旅顺港和其他在俄日战争中沙俄丢失的领地。而现在我们却要把这些地方让出去。也许,该向大家问问这件事,如果不问,起码也得让人对此有个准备。"

伏罗希洛夫发言后,赫鲁晓夫开始硬性说服他和中央主席团的其余成员,要他们相信自己是正确的。赫鲁晓夫明白,在这个原则性问题上已无法退却。他强调说,这里所说的从前的俄国领地,自古以来就是中国的土地,这些地方现在已由我们按租赁协议跟中国共同使用,这也符合中华人民共和国的利益。至于旅顺港,应中国政府1952年9月15日的请求,该租赁协议已经延期。

赫鲁晓夫还着重指出:"在当前这个重要时期,在中华人民共和国庆祝自己成立五周年之际,当他们请求我们帮助克服若干世纪以来的落后的时候,如果我们不去帮助他们在眼下的发展社会主义工业化的五年计划中实施一些最为重要的措施,我们就将失去与中国建立并巩固友谊的历史良机。"

赫鲁晓夫表示，如果没有这些东西，苏联如此高级的代表团去北京，在庆祝活动和全国人民代表大会发表演讲以及跟毛泽东谈判，就都没有意义了。"我们不能不奠定坚实的基础，不能不签订这些经济协议。就这样我们还把一系列重要项目挪到1960年以后，这一点中国人可能还会不同意呢。"他这样说服大家。

中央主席团的成员都讲了话，其调子跟赫鲁晓夫讲话的精神大体一致。最后伏罗希洛夫站起来忧郁地说："好吧，我来表决。"他写上"同意"，签了名。会议到此结束。

1954年9月27日，将近凌晨4点，去北京的飞机共有12架，赫鲁晓夫、布尔加宁、米高扬、谢洛夫、斯维尔尼科和伏尔采娃各乘一架伊尔—14专机，代表团的其他成员和保安人员以及生活保障人员，分乘其余的飞机。

……

北京机场出现在我们下面，我们收拾好行装准备降落。机长利落地把飞机停靠在离机场大楼不远的地方。大楼前站着一大群人。我和费多连柯透过弦窗向外看，欢迎的人群正向我们的飞机走来。费多连柯第一个意识到是怎么回事，他急忙冲

进驾驶舱对机长说:"快,把飞机拉到旁边去!""无线电没有任何命令呀!"机长这么说,可还是打开了飞机发动机。欢迎的人们站住了,看着我们的飞机避开他们在远处停下。只见有个人上气不接下气地向我们跑过来,他身后是累得满头大汗的苏联驻中华人民共和国大使尤金。他们问:"赫鲁晓夫在哪里?"我们自然说不知道。走出机舱,我们跟着他们向欢迎的人群走过去。差不多过了20分钟,广播里才庄严宣布:苏共中央第一书记赫鲁晓夫同志的飞机现在正在降落。于是,我们也成了欢迎队伍中的一员。

接着,每隔不长时间,广播里就宣布一次,说布尔加宁的飞机正在降落,米高扬的飞机正在降落,斯维尔尼科的飞机正在降落。事后我们才知道,是谢洛夫事先未告知任何人,下命令让我们的飞机在前面飞。从新西伯利亚斯克到北京,这一路我们的飞机实际上充当了"特别先锋",以防空中或地面发生攻击。这一点只有谢洛夫和他的副官知道。谢洛夫的这个荒唐主意破坏了外交礼仪。要不是经验丰富的费多连柯反应快并采取果断措施,要不是机长机灵,这种难堪的事不知道还会产生什么后果。

在机场举行了隆重的欢迎仪式后,苏联代表团全体成员来到下榻的官邸。

中国方面给苏联代表团的每位团员安排了单院住宅。大家都住下后，周恩来在赫鲁晓夫住的院子里会见了代表团全体成员，他问我们要吃什么饭菜——中餐还是西餐，或者中西餐同时吃。经过商量，赫鲁晓夫代表大家说："吃中餐吧。"这时周恩来吩咐把中餐厨师留下，他祝愿我们晚饭吃得开胃，好好休息休息。

9月30日在怀仁堂举行了庆祝中华人民共和国成立五周年的隆重集会，上午7点15分，以毛泽东为首的中华人民共和国领导人，在雷鸣般经久不息的掌声中，来到主席台就座。和他们一起出现在主席台的，还有苏联代表团成员赫鲁晓夫、布尔加宁、米高扬、斯维尔尼科以及其他外国政府代表团的首脑。

会议主席刘少奇宣布由国务院总理周恩来讲话。周总理在讲话中感谢苏联对中国的援助使得中国在五年当中取得许多成就。接下来苏联政府代表团负责人赫鲁晓夫发表了长篇讲话。

前来参加中华人民共和国成立五周年庆典的其他外国政府代表团首脑相继发言，向伟大的中国人民表示祝贺之后，会场里庄严地响起了《莫斯科—北京》的歌声。

下午3点，庆典结束的时候，中华人民共和国主席毛泽东接

见了苏联政府代表团。出席接见的有朱德、刘少奇、周恩来、陈云、董必武、林伯渠、彭德怀、彭真、邓小平、邓子恢、李富春。会见时双方商定,将由中华人民共和国国务院总理兼外交部部长周恩来、副总理陈云、彭德怀、邓小平、邓子恢和李富春与苏联代表团的成员进行谈判。谈判从10月1日进行到11日,谈判是在诚挚友好和相互理解的气氛中进行的。

谈判中双方还讨论了苏中关系和国际形势问题,讨论了对日关系和其他一些问题。

(《纵横》杂志1998年第7期)

为了表明自己对毛泽东和中国共产党的尊重和支持,赫鲁晓夫带领苏联全部高层领导来参加新中国成立五周年庆典。据徐秉君在《百年潮》2014年11期上撰文称:

赫鲁晓夫在新中国成立五周年庆典时,为中国带来了丰厚的礼物。在这些礼物中,有一个用纯金铸造的中华人民共和国国徽,竟有一吨多重。还给中共中央政治局委员每人一份礼物,所有礼物整整拉了一节车皮。重要的是,打这以后,赫鲁晓夫一改斯大林时期大国沙文主义的做法,不再卖给中国已淘汰的武器装备,而是改为直接提供苏联现役装备样品和生产技术。

如此重礼，实属罕见，在苏联的历史上，恐怕还没有给哪个国家送过这样重的礼物，足见赫鲁晓夫对加深与中国关系的重视程度。

1954年10月12日，中苏双方在北京和莫斯科同时发表了《关于中苏举行会谈的公报》，公布了《中国政府与苏联政府联合宣言》《中国政府和苏联政府关于对日本关系的联合宣言》等文件，并签订了《中苏科学技术合作协定》《中苏关于苏联政府给予中华人民共和国政府5亿2千万卢布长期贷款的协定》和《中苏关于苏联帮助中华人民共和国政府新建15项工业企业和扩大原有协定规定的141项企业设备的供应范围的议定书》。至此，苏联援建中国的156项大型企业项目以政府间协议的形式确立下来了。

## "156项目"的历史变迁

20世纪50年代，"156项目"受到举国关注，即使说不清楚具体有多少项目，但是"一汽"的解放牌汽车、"一拖"的东方红拖拉机、鞍钢、武钢、武汉长江大桥等等都是苏联老大哥帮助我们建设的，这已经是尽人皆知的事。但几十年历史风云变幻，中苏之间有过太多的恩恩怨怨，当年的当事人，均年事已高，或已逐渐谢世，这段历史渐渐尘封。但历史研究是有连续性的，今天的中国早已经

建成完整的工业体系，但追根溯源，都与当年的"156项目"有直接和间接的联系。除了少数研究者外，已经很少有人能说得清它的来源与内涵。导致这种情况出现的原因如下：

第一，"156项目"企业中有近三分之一属军工企业，长期处于保密状态，厂名用代号表示，厂址、产品都属保密范围，外界无从知晓。

第二，与此相关，其他民用项目与这些项目联系在一起，也处于保密状态。

第三，有关资料没有得到很好的保存。由于后来中苏交恶，很多当时的资料被丢弃，有些甚至在历史动乱中被销毁。

第四，经过五十多年的历史变迁，企业的主管部门几经撤并，企业产品、厂址、厂名等也发生了变化，历史的印记已被慢慢磨蚀。

由于这些原因，使得"156项目"建设的基本情况存在很多说法，有的人从不同角度描述，有的人记忆错误，有些甚至以讹传讹，凡此种种，不一而足。历史是一门科学，历史唯物主义是我们认识历史的依据。今天，中国欣逢盛世，中国当代的历史、外交档案逐步开放，中国军工企业大量转产民用品，我们也能静下心来，仔细盘点当年的这段历史，看看我们的苏联朋友到底给了我们多少援助。

"156项目"究竟包括哪些项目，实际有多少项目，有很多不同说法。国家计委基本建设综合局经过对国家计委、中央档案馆、国家经委的大量档案进行长期调查研究，第一次将"156项目"的形成、变化和建设规模、建设进度等情况综合整理出来，于1983年6月8日写成《"一五计划"156项目建设情况（实际正式施工项目为150项）》，确定为150项。在1955年第一个"五年计划"颁布时确定的156个项目中，由于赣南电站改为成都电站、陕西422厂统计了两次，造成两项重复计算，因此实为154项。在154个项目中，第二汽车制造厂、第二拖拉机制造厂因厂址未定，山西潞安一号立井、山西大同白土窑立井又因地质问题未建，总共4个项目未建，实际正式施工的项目为150项。

1956年4月7日，中苏再次签订协议，增加55个援助项目，其中新增工业建设项目为49个，另外有3个研究所、2个电站的二期工程、1个国防工业的重复项目。

1956年9月又签订了12项。截至1957年3月，我国与苏联签订了协议的建设项目共计255项，其中工业部门的项目共244项，非工业项目11项。以上项目中除去重复计算的13个项目，经双方同意撤销的10个项目及1957年底可完成的63个项目外，留待第二个"五年计

划"继续建设或需修改协议的共计169个项目。

1957年五六月份,国家计委与苏方商谈,苏联同意中国提出的"勤俭建国,自力更生为主"的方针,按照中方愿望同意撤销一批项目(10个)、缩小一批项目的建设规模和推迟一批项目的建设进度。对于留待第二个"五年计划"时期建设的169个项目决定作以下处理:

按原协议的规模和进度建设的计28项。这些项目凡设计可以改由中国进行的将改由中国自行设计,凡设备能由中国自行制造的皆留给中国自行制造。

解除苏方承担的设计和设备供应义务的51项,其中约有10项将由中国自行设计和制造,苏方将根据中国的请求对这些项目的建设给予提供技术资料、派遣专家、进行设计的鉴定、进行研究工作等项技术援助。其余41项取消不建设。

缩小规模和推迟建设进度的共有90个项目,其中缩小规模9项,推迟建设进度52项,既缩小规模又推迟进度29项。

结果是苏联继续援建181项,其中第一个五年计划建成63项;第二个五年计划建设118项。

1958年和1959年,中国又与苏联签订了几个供应成套设备的协定,共计有100多个建设项目。20世纪50年代与苏联签订协定由苏联帮助中国建设的成套设备建设项目共计304项，单独车间和装置64项。到1960年中苏关系破裂终止援助合同，这304项中全部建成的有120项，基本建成29项，废止合同89项，由中国自行续建66项；64项单独车间和装置中建成的有29项，废止合同35项。

20世纪50年代中国和东欧各国签订协定引进成套设备建设项目116项，完成和基本完成的有108项，解除义务8项；单项设备88项，完成和基本完成的有81项，解除义务7项。

1960年7月16日，苏联政府突然照会中国政府，决定自1960年7月28日到9月1日撤走全部在华苏联专家，单方面背信弃义地撕毁对华援助合同。

截至1960年底，"156项目"（实际150项）已建成133项，还有17项正在建设中。

# 第五章

/ 中苏签订"国防新技术协定"

## 赫鲁晓夫给毛泽东送"大礼"

"156项目"中，有几十项是关于国防新技术的，其中包括苏联援助中国发展原子弹、导弹等国防尖端技术的项目。这些项目的签订，对于中国建设强大的国防，跻身世界核大国和导弹大国俱乐部具有奠基的作用，意义重大。为争取苏方同意提供这些援助项目，双方经历了国际关系动荡与苏联国内政局变动等极为复杂艰辛的过程。

自古以来，国与国之间处理相互关系，都依靠两手：谈与打，也就是政治与军事。当双方谈不拢或谈崩了就要用军事手段解决问题，所以说军事是政治手段的延续。虽然政治家们都在大谈和平、人道，但到矛盾不可解时，还是要靠拳头说话，谁的拳头硬，谁就是真理的化身，弱肉强食的"丛林法则"从人类诞生到今天仍然是很多政治家解决问题的重要手段。19世纪中期，英帝国主义要与中国通商贸易，遭到清王朝的拒绝，英国就是靠着船坚炮利，打开中国闭关自守的大门，开始对中国进行殖民式的掠夺。

战争是武器发展的温床，不同的时代有不同的武器。第二次世界大战后，各类新式武器如雨后春笋，层出不穷，但最重要、最直接关系到国家生死存亡的先进武器瞄准四个方面：威力大、胳膊长、跑得快、藏得深。

威力大的代表是核武器。自从1945年核武器问世以来，美国人用轰炸广岛、长崎的效果，告诉了世人原子弹的威力。

胳膊长的代表是导弹。二战末期，为了挽救失败的命运，希特勒命令科学家们挖空心思研制各种新式武器，其中最著名、对后世影响最大的就是V2火箭。德国战败后，美国掳走了V2火箭的发明人布劳恩，苏联则拿走了V2火箭的样品，以此为基础，美苏先后发展出了自己的系列导弹，可以把"胳膊"伸到几千甚至上万公里外去打击对方。

跑得快的代表是喷气式飞机。二战末期，德国、英国都在如何使飞机飞得更高更快上下功夫。德国科学家最先在喷气式飞机上取得突破，梅赛德斯公司推出的喷气式飞机成为世界首创。二战结束后，美国、英国、苏联等国都先后研发出了自己的超音速喷气式飞机并投入到战争中，如美国最先推出的F84、F86，苏联最早推出的米格15系列、米格17系列等。二战后的天空，从此被喷气式飞机一统天下。

藏得深的代表是潜艇。要打击敌人还要不被敌人发现，在现代科技条件下，潜艇应运而生。从第一次世界大战到第二次世界大战，再到后来核潜艇的问世，潜艇成为海洋之战的利器。

这些武器的研发都是建立在现代科技的基础上，科技落后的国家没有条件研制而被排除在先进武器俱乐部之外，"落后就要挨打"成为一条颠扑不破的真理。

中国饱尝落后就要挨打的教训，发展强大的国防成为新中国领导人最为关注的问题。新中国成立后，中国要求苏联援助建设发展自己的工业体系，其中就包括军工项目。但在"5·15协定"中，军工项目只是解决了基本的枪炮、坦克、普通舰船和飞机的生产和装备问题，威力大、胳膊长、跑得快、藏得深的项目一个也没有。朝鲜战争初期，苏联卖给中国的都是二战时期的螺旋桨飞机，如拉9系列，这些飞机速度慢、性能差，在美国空军的F84、F86面前相差整整一代。

要改变落后挨打的局面，就要想方设法拥有这些先进武器。但中国的经济实力和科研水平决定了我们暂时还没有能力研发这类武器，在当时的历史条件下，只能依靠苏联。但国之重器不示于人，苏联不是慈善家，支援中国也是出于自己的利益考虑。但事物是变化发展的，苏共新领导人赫鲁晓夫刚上台，政治基础不稳，内有元

老派的掣肘和逼宫,外有东欧各国此起彼伏的反控制运动,再加上美国在西欧咄咄逼人的军事挑衅,赫鲁晓夫焦头烂额,疲于应付,急需强有力的盟友给予政治上的支持。放眼社会主义阵营各国,最强有力的盟国就是中国。赫鲁晓夫也清楚,中国目前最需要的是什么,送礼就要投其所好,这就给中国带来了机遇。

1954年7月,赫鲁晓夫致信毛泽东,不仅同意帮助中国建设新企业,而且主动提出增加几种新改进的军事技术生产项目:

1. 本年7月1日,张闻天同志递交莫洛托夫同志备忘录一份,苏联在1953年5月15日签订的帮助中国建设企业的设计工作和设备供应的范围和期限方面提出了一系列修正和补充的意见,还提出要帮助建设新的企业。苏共中央对这些要求已进行研究,并决定满足中国政府的请求。

按照这个为新建企业提供帮助的补充计划,将使苏联方面执行1953年5月15日协定的设计工作和设备供应的总值增加大约3.5亿—4亿卢布。

2. 同时,苏共中央认为,在中国目前正在建设的一些企业里,应组织下述新改进的几种类型的军事技术的生产,以替代1953年5月15日协定中所规定的那些类型的军事装备的生产。即:

以米格17飞机代替米格15比斯型飞机；

以新式85公厘（毫米）克斯18型高射炮（装有"格罗门2"型雷达和普阿左116型炮兵指挥仪）代替1944年式85公厘高射炮。

以B34—M11型新式坦克发动机代替B—2—34型的发动机；

以新式的100型滤器代替75型的；

以K3活性炭代替K4的活性炭，同时应在中国企业中组织1944年式85公厘师属炮的生产。

3.已委托苏联对外贸易部同中国政府的代表对此问题签订相应的议定书。

（赫鲁晓夫致毛泽东的信，《党的文献》1999年第5期）

正是有了赫鲁晓夫的这封信，从1954年11月起，苏联开始向中国提供更先进的武器装备。如原合同是苏方向中国提供米格-15飞机样品及技术资料，这时已改为提供最先进的米格17样机和全套技术资料及援建飞机生产线。不到两年时间，1956年7月，我国就仿制成功喷气式歼击机——歼5型歼击机，中国一跃跨进喷气式飞机的先进行列。

这期间，苏联先后向中国提供了AK47自动枪、C41半自动步枪、捷克加列夫轻机枪等一批常规武器技术资料，中国于1956年

分别仿制成功56式冲锋枪、56式半自动步枪、56式轻机枪。接着,苏联又向中国陆续提供了现役的T—54坦克、各种火炮的样品及图纸,中国于20世纪50年代末仿制成功后命名为59式坦克和带"5"字头的各式火炮。

苏联提供的这些援助,使中国不到十年时间就建立起配套的现代国防工业基础,并在常规武器领域接近或达到当时的世界先进水平。

但在威力大、胳膊长、跑得快、藏得深等事关国家生死存亡的武器方面,中国还是零。在世界舞台上,没有这些东西,说话就不算数,别人就要欺负你。虽然毛泽东戏称原子弹是"纸老虎",但美国咄咄逼人,动辄以使用核武器相威胁,中国当然希望发展自己的这些镇国重器。当时这个东西世界上只有美苏两家有,美国是死对头,苏联是朋友。有困难找朋友,中国领导人的目光再次投向了赫鲁晓夫。

## 我们也要搞一点原子弹

斯大林或许没有想到,还在苏联第一次核试验之前,中共就知道莫斯科已经掌握了核技术,甚至提出参观苏联的核设施。当刘少奇在1949年8月秘密访苏期间提出这一要求时,斯大林拒绝了。不过,作为补偿,他请中共代表团观看了有关核试验的纪录片。

1949年2月底,中共中央决定派出以郭沫若为首的代表团,出席当年4月在法国巴黎召开的保卫世界和平大会。物理学家钱三强也是代表团成员之一,他当时在北平研究院原子学研究所工作,并在清华大学任教,正着手培训实验人员和筹建实验室。钱三强向有关方面提出:想借此机会拜托在法国留学时的老师、著名核物理学家约里奥·居里教授帮助订购一些原子能研究的设备、仪器和图书资料等,预算20万美元。中共中央立即表示同意,周恩来专门派中央统战部部长李维汉约见钱三强,告诉他:"中央对发展核科学很重视,希望你们好好筹划。"

1950年初毛泽东访问莫斯科时,斯大林炫耀性地请毛泽东观看了苏联进行原子弹试验的纪录影片。斯大林甚至表示苏联可以向中国提供核保护的意愿。苏联外交部起草的中苏同盟条约(第二稿)写道,当缔约国的一方被迫采取军事行动时,"另一方即尽其全力给予军事及其他援助"。这种说法无疑在向西方暗示:苏联将向中国提供核保护。毛泽东回忆起当时的感受,曾对身边警卫员说:"这次到苏联,开眼界哩!看来原子弹能吓唬不少人。美国有了,苏联也有了,我们也可以搞一点嘛。"

必须看到,在当时,苏联可以向社会主义阵营的国家提供核保

护，但并不希望他们分享核武器的秘密，更不想让中国跨入核武器俱乐部的大门。1952年底，以著名核物理学家钱三强为首的中国科学院代表团访苏之前，苏联科学院院长涅斯梅亚诺夫院士向苏共中央政治局提交了一个报告。在谈到中国科学家来访的活动安排时，涅斯梅亚诺夫建议，只向钱三强介绍"一般性质的科研工作，而不要让他详细了解第一总局课题范围内的工作"。这个第一总局领导着苏联原子能利用领域的科学研究工作、铀加工的管理事务和原子动力装置的建造，这一建议可以表明苏联科学研究领域主要负责人也不希望向中国透露原子能的秘密。由于他的阻拦，当钱三强提出能否提供有关核研究仪器和实验性反应堆时，苏方以需要通过外交途径解决来推辞。

1954年10月赫鲁晓夫访华与毛泽东会谈时，主动问中方还有什么要求，毛泽东趁此机会表示对原子能、核武器感兴趣，并希望苏联在这方面给予帮助。赫鲁晓夫对这个突如其来的问题没有准备，迟疑片刻后他说，核武器耗资巨大，中国目前不具备条件，在社会主义国家里，苏联有了就可以保护大家了。赫鲁晓夫最后建议，可以由苏联帮助中国建立一个小型实验性核反应堆，以进行原子物理的科学研究和培训技术力量。

其实，赫鲁晓夫还有一个不便明言的理由，当时美苏正在谈判防止核扩散问题。1954年4月1日，苏联有关部门向赫鲁晓夫提交了一份备忘录，报告了苏联著名物理学家、原子弹之父库尔恰托夫等人关于热核武器的出现已经威胁到人类生存的看法：大规模使用核武器将导致交战双方的毁灭。核武器发展的速度如此之快，以至过不了多少年，核武器的数量将足以使地球上所有生命消失。人类正面临着毁灭地球上全部生命的核威胁。这对赫鲁晓夫无疑是一个震动。9月22日，即赫鲁晓夫访华前夕，苏联政府向美国递交了一份备忘录，表示愿意在和平利用原子能的问题上继续与美国政府进行谈判。苏联人刚刚做此承诺后，中国就提出要自己制造原子弹，并要苏联提供帮助，赫鲁晓夫当然不会答应。但他答应在原子能的和平利用方面帮助中国，在毛泽东看来，这是中国了解认识原子能的第一步。

几乎与此同时，中国地质队又在广西找到了铀矿，这引起中共领导人的高度重视。1955年1月15日，毛泽东主持召开了中共中央书记处扩大会议。在听取地质部部长李四光、副部长刘杰以及中国科学院物理研究所（原子能研究所的前身）所长钱三强的汇报后，毛泽东高兴地向到会人员说："过去几年其他事情很多，还来不及抓这件事。这件事总是要抓的。现在到时候了，该抓了。只要排上日程，认真抓一下，一定可以搞起来。"这次会议通过了代号为02的

核武器研制计划。

天有不测风云，赫鲁晓夫没想到，自己的"后院"相继起火。1956年，东欧出现了反对苏联控制的波兰、匈牙利事件，苏共党内的元老们对赫鲁晓夫提出种种指责，并直接"逼宫"，赫鲁晓夫的领导地位面临危机。在"军神"朱可夫的支持下，赫鲁晓夫采取断然措施，打倒了中央主席团的反对派，但内外交困的局面仍未改观。赫鲁晓夫将目光投向了中国，争取毛泽东的支持。1957年7月，赫鲁晓夫派米高扬来中国介绍情况，希望中共中央表态对他予以支持。毛泽东连夜召集会议研究，大家认为，在苏共领导层中，赫鲁晓夫是比较好打交道的，最后决定，公开表态支持苏共中央的决定。这让赫鲁晓夫非常感动。

鉴于赫鲁晓夫在政治上有求于中国，聂荣臻提出，应利用这一机会向苏联提出交涉，要求给予中国核技术援助。据新近解密的苏联档案记载，赫鲁晓夫当时不顾军方坚决反对，力排各方阻挠，毅然决定向中国提供原子弹样品和生产技术，以及帮助中国建立核工厂。

## 国防新技术协定

1955年，著名科学家钱学森回到中国。钱学森早年留学美国，师从著名物理学家西奥多·冯·卡门，毕业后又受聘参加了美国的运载火箭研究项目，先后任加州理工学院和麻省理工学院教授。1949年，得知中华人民共和国成立后，钱学森立即着手准备回国参加新中国建设。1950年钱学森回国受阻并被美国监禁。直到1955年，在中国政府的争取下，钱学森终于回到祖国并加入原子弹和导弹研制项目。周恩来为此专门嘱咐当时主管军工生产和军队装备的中央军委副主席聂荣臻："要好好待他，科学家是我们国家的精华，他是科学家的代表。"

中共中央和中央政府对钱学森回国后的工作安排极为重视。当时，国家刚刚成立专门负责导弹研究的国防部五院，决定由钱学森担任院长。聂荣臻问钱学森，以我们现在的条件研制导弹有可能吗？钱学森估计，中国研制射程为300公里–500公里的导弹，"如无国外资料，自己从头开始，可能需10年，也许短些"。

1956年2月17日，钱学森向中共中央递交了《建立我国国防航空工业意见书》，提出建立导弹工业应"研究、设计和生产三面并进，而在开始时，重点放在生产，然后兼及设计，然后兼及研究"。要在短期内做到这些，"非争取苏联及其他兄弟国家的大力帮助不可"。为此，钱学森建议向苏联派遣留学生，学习导弹制造、设计与研究，聘请苏联专家为我国设计大型风洞、发动机试验

设备等研究设施。聂荣臻看过这份意见书后认为，它"为中国火箭和导弹技术的发展描绘了实施蓝图"。他将钱学森的意见书作为筹建工作的基本方略，积极争取苏联的技术援助。

1956年8月17日，国家计委主任李富春应聂荣臻的请求，写信给苏联部长会议主席布尔加宁，要求苏联政府在建立和发展导弹事业方面给中国提供全面的技术援助，并提议中国派政府代表团去苏联谈判。9月13日，苏共中央复电中共中央称：考虑到导弹技术的复杂性和中国目前缺乏干部的情况，建议中国最好先从培养专家开始，然后根据培养专家的情况，再着手建立科学研究机构和生产企业。苏共中央决定帮助中国培养导弹人才，将派专家到中国学校去工作和授课；并指示苏联有关机构把导弹专业的教学大纲、教学计划以及培养专家所需要的教具、样品及其技术说明送给中国。从1957年的新学年开始，我国从留苏的理工科高年级学生中，抽出50多人改学导弹新技术专业。

1957年3月30日，中苏代表在莫斯科签订了《关于在特种技术方面给予中华人民共和国援助的议定书》。议定书规定，苏联将派遣5名专家到中国，帮助进行教学组织工作，并在有关学校讲授有关（火箭）喷气技术的课程；按照喷气技术课程制订和提交教育计划和大纲；苏联有关高等学校在1957-1958年教学年度，接收50名中国大学生；提交两枚供教学用的P1导弹样品及技术说明书。中国政府将偿付苏方给予技术援助的有关费用，并保证承担保密义务。赫鲁晓夫在支援中国军事高科技方面又朝前走了一步。

得知赫鲁晓夫愿意大力支持中国发展国防高新技术的态度后，聂荣臻与主管发展核工业的三机部部长宋任穷联名给正在莫斯科访问的周恩来发电报，建议他向苏方提出在原子能研究方面援助中国。周恩来让聂荣臻先找苏联驻中国经济技术总顾问阿尔希波夫谈一谈。

阿尔希波夫是中国人民的朋友，对中国的建设与发展倾注了满腔心血。听完聂荣臻的话，阿尔希波夫说："您提出的问题我本人同意，待请示我国政府以后再予答复。"

7月20日，阿尔希波夫就国防新技术援助事宜，答复了聂荣臻："元帅阁下，您上次提出的国防新技术援助的问题，我国政府对中国政府的要求表示支持。授权我宣布：苏联政府同意在适当的时候，由中国派政府代表团去苏联谈判。"

周恩来得知这一消息后立即报告毛泽东。8月6日，周恩来致函苏联部长会议主席布尔加宁，明确提出："为了加强中华人民共和国的国防力量和更好地编制第二个五年计划和远景计划，我们考虑在原子能工业建成后，需要进一步生产原子武器和它的投掷工具，

请苏联方面给予大力援助，建议由中华人民共和国政府派代表团，前往莫斯科与苏联政府进行商谈。"

1957年9月3日，赴苏联谈判代表团组成。代表团名称为中国政府工业代表团，聂荣臻任团长，宋任穷、陈赓任副团长，成员有钱学森、李强、刘杰、万毅、通信兵部主任王诤，二机部副部长张连奎、刘寅。此外还邀请了21名火箭、原子能、飞机、电子等方面的专家、教授。

1957年9月7日，代表团乘机赴苏。途中，聂荣臻再次向钱学森了解导弹情况。聂荣臻最关注的是，有了苏联的技术援助，我们能不能研制出导弹。面对聂荣臻的提问，钱学森说："只要他们肯提供有关的设备和火箭样品，保证能行。"钱学森又说："我有个预感，我们的制度能使科研力量高度集中，意志高度统一，这比自由化的美国更适合搞火箭工程。"

国防新技术内容繁杂，鉴于中国经济发展水平低，基本没有人才储备和技术储备，谈判中，经过向中央汇报并得到批准，代表团明确了将谈判重点集中在原子能、火箭、导弹和飞机方面。谈判内容分为军事、原子能、导弹、飞机、无线电电子及有关试验基地建设等若干部分，分别由陈赓、宋任穷、钱学森、张连奎、王诤为组长主谈。

在谈判桌上，苏联人总的来说是友好的，主持谈判的苏联部长会议副主席别尔乌辛甚至对聂荣臻说，有些项目你们提出的型号性能已经落后了，可以提出更新一些的型号。但有的技术项目也有保留，不是只给资料，就是只给样品。9月底，双方达成了协定草案。苏联答应在原子能工业、导弹、火箭、航空新技术以及导弹和核试验基地建设等方面，对中国进行援助。协定的全称是《关于生产新式武器和军事技术装备以及在中国建立综合性原子能工业的协定》，简称《国防新技术协定》。

别尔乌辛对聂荣臻说，这种协定在苏联外交史上还是第一次，因为中国是最可靠、最可信赖的朋友，希望中国政府能早日定案。协定草案上报中央后，周恩来委托彭德怀、李富春召集国防工业负责人开会进行研究。在听取了宋任穷和张连奎的汇报后，与会者一致认为，苏联提出的援助项目都是中国国防所必需的，同意照苏联提出的协定签字。10月5日，周恩来致函中国驻苏大使刘晓，并告知聂荣臻：中央同意由聂荣臻代表政府签订苏方所建议的协定。

1957年10月15日，聂荣臻和别尔乌辛分别代表中苏两国政府在《国防新技术协定》上签字。《国防新技术协定》共5章22条，根据协定，苏联将援助中国建立起综合性原子工业；援助中国原子弹的研究和生产，并提供原子弹的教学模型和图纸资料；作为原子弹制

造的关键环节,向中国出售用于铀浓缩的工业设备,并提供气体扩散厂初期开工所用的足够的六氟化铀;1959年4月前向中国交付两个连的岸对舰导弹装备,帮助海军建立一支导弹部队;帮助中国进行导弹研制和发射基地的工程设计,在1961年底前提供导弹样品和有关技术资料,并派遣技术专家帮助仿制导弹;帮助中国设计试验原子弹的靶场和培养有关专家等等。这些就是"156项目"后来增加的内容。

鉴于有些援助项目的建设规模以及向中国交付设计资料和设备的期限等在协定中都未作具体规定,1958年9月29日,中苏又签订了《关于苏联为中国原子能工业方面提供技术援助的补充协定》(简称《核协定》),其中对每个项目的规模都做了明确、具体的规定,项目设计完成期限和设备供应期限也有了大致的确认,多数项目的完成期限是1959年和1960年。《国防新技术协定》和《核协定》是中苏在核武器研制方面合作的一个里程碑。从此,中国的原子能工业"进入了核工业建设和研制核武器的新阶段"。《国防新技术协定》标志着苏联在尖端技术方面对华援助的性质已经改变:苏联正式开始向中国提供原子弹和导弹研制方面的技术装备援助了。

1957年11月,毛泽东到莫斯科参加世界六十一国共产党、工入党会议，在大会发言中表示支持赫鲁晓夫战胜"反党集团"，同时拥护苏联在社会主义阵营的"为首"地位。这不仅为赫鲁晓夫在社会主义阵营中树立了威信，而且在兄弟党面前也给足了他面子。赫鲁晓夫再次作出回应，将原来承诺1961年提供的导弹样品提前到1957年12月。

1958年6月，苏联援助的实验用重水反应堆和回旋加速器建造成功，从而显著改善了中国核物理研究的技术装备和条件。同时，在建造过程中培养的人才，以及在使用过程中提取的数据，不仅为中国和平利用原子能事业提供了保障，也间接地为中国的核武器研制和发展奠定了基础。得到消息后，毛泽东在6月21日中央军委扩大会议上充满信心地指出："原子弹就是这么大的东西，没有那东西，有人就说你不算数。那么好吧，我们就搞一点吧。搞一点原子弹、氢弹、洲际导弹，我看有十年工夫完全可能。"此外，苏联还根据"协定"向中国提供了几种导弹、飞机和其他军事装备的实物，交付了导弹、原子能等绝密技术资料，派遣了有关的技术专家来华。这些都有力地促进了中国熟悉和掌握尖端武器的研制及技术。聂荣臻说，苏联的帮助对中国核武器研制的起步工作起到了很大作用，特别是在导弹研制和试验基地建设等方面，加快了中国的前进步伐。

# 第六章
/ 风从东方来

## 莫斯科—北京

"156项目"签订后,中国开始全面实施第一个"五年计划",各个项目的苏联援华专家陆续来到中国。抛开中苏政府间的恩恩怨怨不说,数以万计的苏联专家和工程人员在中国国民经济建设的各个项目工地上辛勤工作,以他们的知识和技术,极大地推动了中国工业体系的建立。他们的到来,犹如阵阵和暖的春风,吹暖了中国人民的心,拉近了两国人民的感情。凡是从那个年代过来的人都会记得"苏联老大哥"的称呼和《莫斯科—北京》进行曲的激昂旋律。

按照协议规定,1954年1月,苏联向中国派遣343名专家,但很快发现,这还远远不够。

1954年10月,赫鲁晓夫来华参加建国5周年活动期间,中方提出,在更多的建设领域聘请苏联专家。

苏联方面认真研究了中国政府的请求,1954年11月25日,苏联部长会议通过了《关于援助中华人民共和国建设工业企业、向中国

派遣专家和接受中国工人来苏联企业学习的决议》。到1954年底，在华苏联专家增长了一倍多，达到820人。据外交部的数据，1955年聘请苏联专家达920人，苏方交付的厂矿资料和设计、施工图纸共112吨。这些专家都集中在"一五计划"的重点重工业部、一机部、二机部和燃料工业部系统。

据苏联外长谢皮洛夫致苏共中央的报告，1954年-1957年，苏联除了向中国提供大批机器设备、设计图纸、技术资料以及各种生产许可证外，还派遣了近5 000名专家。

在帮中国构建工业化基础方面，苏联对华援助首要的和最重要的任务是帮助中国制定国民经济发展的第一个五年计划。从战争状态转入国民经济建设，除了国防和工业经济布局外，还有农业、文化教育、卫生、财政税收、商业等各行各业。当时，中国既没有从宏观到微观的经济建设的经验，更无这方面的专门人才，工业如何布局，各种技术指标如何制定，财政收入和消费如何分配，比例怎样制定等，完全无从下手，只能完全照搬苏联的模式。可以说，在编制国民经济建设发展规划方面，苏联专家对中国国民经济建设发挥了极其重要的作用。在对第一个"五年计划"草案讨论修改时，总共58条修改意见，其中52条是苏联专家组提出的。

"一五计划"是新中国第一个国民经济发展蓝图，按照这个蓝图，数千名苏联专家分布在中国国民经济建设的各行各业中，无论厂矿企业还是学校医院，到处都可以看到"苏联老大哥"忙碌的身影。受篇幅限制以及历史原因造成的资料欠缺，笔者只能从有限的资料中选取部分苏联专家的故事以飨读者。

## 我的心一半留在了中国

俄罗斯首都莫斯科的西郊，有一个叫"特罗耶库沃"的公墓。其中有一块用砖石围起的墓碑上，镶着一位俄罗斯老人的大照片。照片上的老人慈眉善目，胸前戴着一枚"中苏友谊奖章"。照片的旁边是一行俄文：伊万·瓦西里耶维奇·阿尔希波夫。

1950年1月28日，克里姆林宫叶卡捷琳娜厅，灯光明亮。冬季的莫斯科冰天雪地，零下三十度的严寒把整个苏联都笼罩在冰雪中。叶卡捷琳娜大厅里温暖如春，斯大林在这里为参加中苏两国政府会谈的中华人民共和国国家主席毛泽东和新任政务院总理周恩来，以及他们率领的中国政府代表团成员举行一场小型欢迎酒会。马林科夫、米高扬、莫洛托夫等苏共中央领导悉数到场。

中苏友好互助条约谈判已经基本结束，宾主双方手端酒杯，互相祝贺。周恩来手端酒杯，来到时任苏联有色金属部第一副部长的阿尔希波夫面前："为阿尔希波夫同志干杯！"在座的苏联官员

中，阿尔希波夫职位较低，在斯大林等主要领导人在场的时候，他处于不起眼的地位，他没有想到，中华人民共和国的总理提议为自己干杯。此时的阿尔希波夫立即想起来，几天前，苏共中央分管干部的马林科夫找他谈话："毛泽东同志希望我们派一批专家到中国去帮助他们发展经济，斯大林同志希望你能接受这项任务，担任苏联在华专家总负责人。请你考虑一下，我们还要征得中国同志的同意后再做决定。"看来自己要到中国去了。

站在他旁边的米高扬对他说："快去碰杯啊。"阿尔希波夫赶紧端起酒杯，谁知酒杯竟然是空的。斯大林笑了，亲手给他斟满一大杯白兰地，并对毛泽东、周恩来和身边的人说："我们为阿尔希波夫同志干杯！"

在两国领导人善意的微笑中，阿尔希波夫一口干了杯中酒，就这样领受了苏联政府的派遣，和中国人民结成了真诚的朋友。阿尔希波夫事后回忆：不像其他俄罗斯人，我不胜酒力，那一大杯白兰地下肚之后，立即觉得头昏脑涨，事后是怎么走的都一无所知。

阿尔希波夫19岁在机械厂当工人，1928年考入莫斯科大学数学物理系。由于他酷爱机械，第二年又以在校生的身份考入莫斯科机床制造学院，同时在两所高校学习，相当于我们今天的"双学位"。大学毕业后，阿尔希波夫被分配到乌克兰第聂伯罗钢铁厂任车间主任；1937年，任克利沃罗格市党委第一书记。1943年，阿尔希波夫任有色金属工业部第一副部长并一直在这一岗位上工作。

1950年2月19日，中国的农历正月初三，阿尔希波夫以苏联援助中国专家组总顾问的身份来到中国北京，住在东交民巷的一所小院子里，开始了他在中国的工作。

新中国成立之初，百废待兴，急需各行各业的专家，推动国民经济的恢复和发展。苏联领导人斯大林应中国政府的要求，决定派遣大批专家来华工作。初期来华的苏联专家们一部分在铁路、工矿企业指导工作，一部分在新成立的国家各部委担任顾问。几百名顾问分布在各行各业，需要一个业务能力强、领导水平高的人代表苏联政府来统领和协调专家们与中国政府之间的工作。在召见阿尔希波夫时，斯大林要求他"以生命作保证，一定要搞好苏中关系"。中国方面对此也极为重视，任命阿尔希波夫为政务院经济总顾问。

到北京的第二天，阿尔希波夫首先拜会了周恩来、李富春、陈云等领导，他们告诉阿尔希波夫，当前的首要任务是恢复经济。

要为中国经济发展出谋划策，首先要了解中国经济现状。中华人民共和国刚刚成立，还没有统计经济数据的机构，实际上也没有翔实的经济数据，阿尔希波夫首要的任务是通过在华的苏联专家们了解中国的经济现状。

　　1950年3月21日至23日，阿尔希波夫连续三天召开了在华专家工作会议，与会专家共有一百多人。负责统计工作的专家、苏联国家统计局副局长叶若夫首先介绍情况："……中国同志对统计工作太生疏，地方政府没有统计人员的编制，更没有这方面的专家，各部、局提供的数字常常不一致。现在中国同志已逐渐认识到统计的重要性，开始培养这方面的人才，我们为他们开办了培训班，我们的专家在为他们讲课。"

　　中国财政部顾问、苏联财政部副部长库图佐夫，苏联国家计委副主席、中国计划顾问费多托夫，苏联煤炭工业部副部长斯图加廖夫，苏联国家银行副行长科罗乌什金，中国东北专家组组长尼科诺夫以及水利专家布科夫、医学专家哈利托诺维奇等陆续介绍了各自工作的情况。虽然行业各异，但总的情况是百废待兴、问题成堆，犹如一堆乱麻，需要找到头，然后丝丝入扣，细心分解。阿尔希波夫一下抓住重点："很明显，问题很多，需要一个一个解决，中国同志在这方面缺乏经验，人才不够，所以请我们来支援。我们来到中国只有一个任务，就是为了工作，工作，真心实意地工作。中国朋友们信赖我们，我们一定不要辜负他们的信赖。我们在自己的岗位上每提出一项建议时，一定要经过周密的调查研究，弄清实际情况，切不可粗心大意，匆忙下结论。我们的工作绝不允许我们犯错误。"

1950年3月25日，周恩来、李富春、陈云专程来到国际饭店（原北京六国饭店），与阿尔希波夫等全体援华专家见面。周恩来感谢苏联专家前来帮助中国进行社会主义建设，并表示："我们目前的经济情况很糟糕，这是战争造成的后果，现在我们不仅要恢复工业、交通，而且要重建国民经济，使中国成为一个富强的国家。对此我们有足够的信心。我们准备请一些负责同志定期向专家同志们介绍中国政治情况以及各种政策，我们还准备把政府的各种文件翻译成俄文，这样可以使你们了解我国的实际。"说到这里，周恩来望着阿尔希波夫着重强调，"我们当然也要听取您和各位专家的意见和建议。"

阿尔希波夫向周恩来介绍了专家会议的内容、专家们所提的建议，以及自己下一步开展工作的想法："我们正在协助中国同志制定恢复时期的计划，我们来到中国的目的就是把我们自己的知识和经验贡献给年轻的人民共和国，贡献给中国人民。斯大林同志要求我们努力工作，无愧于中国政府对我们的信任，无愧于中国人民对我们的期望。"

阿尔希波夫是苏联政府援华专家组总顾问，要负责协调、组织、安排、督促、检查全部苏联专家在中国的工作；他同时是中国政务院总顾问，要清楚地了解中国政府对全面经济工作的安排、对

各行各业的要求、短时间的目标和中长期的规划,以便在中苏两国政府以及不同专业苏联专家之间沟通协调,这可是一副不轻的担子。首要的任务就是了解情况,做到知己知彼。那段时间他和周恩来、李富春、陈云等人进行了长时间的交谈,很多次几乎是彻夜长谈。根据几位中国领导介绍的情况,阿尔希波夫基本了解了中国政府关于经济工作的思路:当前的工作重点是迅速恢复经济,医治战争创伤,然后开始规划全国的经济建设和发展。鉴于东北在经济基础和地理、交通等方面的优势,中央决定把恢复经济的重点放在东北,请阿尔希波夫先带领一批专家到东北去视察那里的工业现状,然后提出指导意见。

中国东北紧挨苏联,有地利之便。东北有较为完善的铁路交通网络,有沈阳、哈尔滨、长春等几十座大中城市,有鞍钢等一批大型工业企业,有丰富的煤炭、铁矿、森林、水力资源,煤炭资源及产量占全国的一半以上,有当时全国最大的丰满水电站。早在1945年,中共就在东北建设有北满、南满根据地,1946年就开始了土改和剿匪,有坚实的群众基础和政权基础。恢复经济,这里条件最好。

根据中央的安排,阿尔希波夫带领一批专家首先来到鞍钢。

对于钢铁行业,阿尔希波夫并不陌生,他曾经担任第聂伯罗彼得罗夫斯克钢铁厂的总机械师。在他到达北京后不久，1950年3月27日，中国政府已经与苏联政府签订了《苏联与中华人民共和国关于恢复和改建鞍钢技术援助协议书》。他此行就是要根据协议要求，带领专家组对鞍钢进行考察，拿出恢复和改建的意见。

阿尔希波夫对鞍钢进行了细致的考察，几乎走遍了厂区的各个角落。几天的考察结束后，大家开始讨论修复鞍钢的意见，不少人认为修复旧厂困难太大，主张重建新厂。阿尔希波夫认为："这里的设备的确过于陈旧落后，根据中共中央全面恢复鞍钢生产的要求，需要下大力气系统组织。"但以中国的现状，拿出大笔资金新建钢厂投资大、周期长，重新购买设备要考虑到配套问题，也相当于重建，这不现实。当下中国正在全力恢复经济，全国各地急需钢材，鞍钢责无旁贷。阿尔希波夫以行家的眼光提出建议："先因陋就简，就地取材修复旧设备，进口少量不可修复的急需的机械设备，尽快投入生产。"他告诉大家，在很多丢弃的废铁堆里有不少东西可以用，建议进行彻底清理，挑选出可修复的尽量修复。同时要做好生产组织工作，修复一座高炉就投产一座高炉，加快鞍钢恢复生产进度。

阿尔希波夫是行家，他明白，中国需要的不是修修补补的旧企业，中国需要设备先进充满活力的新鞍钢。他告诉大家，修复投产

只是省钱的过渡手段,待国内经济情况有所缓解后,按照中苏达成的协议,大规模更换新设备。

除了设备外,鞍钢最缺的就是工程技术人员和熟练工人。偌大的一个钢铁联合企业,仅有140多名专业技术人员,以及战争遗留下的几十名日本技术人员。阿尔希波夫提出,开办训练班,用突击的方式对工程技术人员进行强化培训,由苏联专家按照工艺需求授课。

阿尔希波夫"边修复边生产"的方案既符合中国的现状,也具有可操作性,得到了参与考察的苏联专家和鞍钢厂领导以及中央政府的认同。

鞍钢建设是"156项目"之一。到1952年,在苏联专家的帮助下,鞍钢残存的设备全部恢复生产。在苏联的援助下,国家集中力量建设鞍钢,扩大鞍钢生产规模,建设大型国有联合生产企业。1957年,鞍钢实现年生铁产量336.1万吨,钢291.07万吨,钢材192.39万吨。至此,鞍钢成为名副其实的中国第一大型钢铁基地,被誉为祖国的钢都。鞍钢的建设,阿尔希波夫功不可没。

从东北回来后,阿尔希波夫迅速将视察的情况整理出来,向周恩来、陈云递交了《关于东北工业形势的汇报》。他的报告受到中共中央的高度重视,为中央制定国民经济恢复和发展计划提供了有力的帮助。由于工作原因，阿尔希波夫与周恩来、陈云、李富春、薄一波等中国政务院领导人结下了兄弟般的友谊。每逢中国政务院召开经济工作会议，他都会应邀参加。在一次会议上，周恩来大声叫阿尔希波夫坐到前面来，讨论问题时，也总是让他先讲，并说"在这方面，阿尔希波夫同志比我有发言权"。

由于担心阿尔希波夫过度劳累，周恩来和李富春还专门陪同他到北京香山游玩。一开始，阿尔希波夫接到通知让他到香山，周恩来、李富春、薄一波将与他会面，他还以为要谈什么问题。见面后才知道，周恩来担心他工作太累，专门抽出时间来陪他爬香山，让他领略中国的文化和美丽的香山景色。阿尔希波夫大受感动，他知道中华人民共和国成立后，作为中国"大管家"的周恩来工作非常繁忙，每天工作安排得满满的，有时候甚至是通宵不眠，现在却专门抽出时间来陪同自己，他为此感到非常不安，也更明白中国同志考虑问题的细致缜密，对中国革命家的人文修养有了新的理解。

一转眼，阿尔希波夫在中国工作满了一年，苏方通知中方："阿尔希波夫总顾问任期届满，调阿尔希波夫回国，另有任用。"中方对此感到很突然。周恩来专门告知苏联驻华大使馆，希望苏方让阿尔希波夫继续留在中国，但苏联政府已经做出决定：阿尔希波夫出任有色冶金工业部第一副部长。为此，苏方于1月17日致函周恩

来：阿尔希波夫的任命已公布，不宜更改。

阿尔希波夫要离开北京时，周恩来设宴送行，并亲自把一枚"中苏友谊万岁勋章"佩在他的胸前。

在中国这个古老而又年轻的国度工作了整整一年，和上至国家领导人下至普通工人都建立了友谊，阿尔希波夫也一下子割舍不开。周恩来专门为他安排专列送至中苏边境。在北京临上车时，周恩来和他紧紧地握手，两人四目对视，几乎同时说出一句话："我们还会见面的。"火车开动，送行的朋友们渐渐远去，伫立在车窗前的阿尔希波夫怅然若失，似乎有什么东西落在了中国。后来，他再次踏上中国的土地，和中国朋友紧紧握手时，才找回当初的感觉。他的夫人叶卡捷琳娜说过一句话："他把自己的心一半留在中国了。"

回到莫斯科，斯大林立即在克里姆林宫召见了他。听取他汇报的除了斯大林外，还有其他苏共中央政治局委员。斯大林对中国形势非常关心，对苏联专家在那里的工作和生活问得十分详细。斯大林对援华工作很重视，他专门下过指示，要求任何承担中国订货的部门必须保质保量地按时供货，不得拖延。当他听说苏联专家们在中国的出色工作受到中国同志的表彰时，脸上露出了微笑；当阿尔希波夫汇报说有一家苏联企业严重拖延供货，致使中方建设项目陷于停滞时，斯大林动怒了，立即指示采取严厉措施对待此事，解除了那家企业的上级领导某工业部的部长和几位副部长的职务。由此也可看出，斯大林对于援华工作的重视程度。

汇报过程有一个很有意思的插曲。斯大林突然问："你认为汉语难学吗？"阿尔希波夫脸涨红了。在中国他并未在意学习汉语，只是在与中国朋友交往时学会了简单的"你好""谢谢""再见"。斯大林又好奇地问："听说中国人用小棍儿吃饭？"俄文中没有"筷子"，译员都翻译成"小棍儿"。阿尔希波夫先是向斯大林解释了"小棍儿"和"筷子"的区别，然后来到斯大林的办公桌前，用两支铅笔模拟筷子，夹起了一张纸。斯大林以及在座的人看了阿尔希波夫的表演，大为赞赏。他们要求他再表演一次，阿尔希波夫还简单介绍了在中国餐馆吃饭时用筷子的过程。看完阿尔希波夫的表演，斯大林沉吟了一会儿，说："中国人真聪明。"短暂的沉默后，斯大林又说："中国人长期遭受外国压迫，受压迫的人对外国人会有疑心。在中国工作要尊重中国同志，自己要谨慎。"斯大林的这些话显然是自己这些年与中国同志打交道的由衷体会。

好朋友总会被人怀念。1953年，经中苏两国政府协商，阿尔希波夫再次被派到中国，继续担任中国政务院经济总顾问，具体负责

援华专家组的工作。这一次，他在中国一干就是5年。

这5年正是中国第一个五年计划建设时期，也是苏联援华"156项目"全面建设时期。那时的中国成了一个大工地，从东到西，从南到北，到处是热火朝天的建设场面。那段时间也是阿尔希波夫最忙的时期，他虽然不直接负责某个项目，但他要负责苏联专家在中国的全面情况，每一个项目都让他牵挂，他几乎和每一个专家组的苏联专家一起，从资源勘查、厂址选择、技术设计、机器设备采购、厂房建设、人员培训、设备安装调试、试生产等每个流程都要过问。凡是有重点项目的地方就有他的足迹。周恩来很直爽地对他说："我政府工作太忙，这些援建项目，希望你多加关照。"有一次，周恩来开玩笑地说："这些项目都是你的孩子，你应该经常关心他们。"周恩来的信任令阿尔希波夫感动，他的回报是更努力地工作。在他和全体苏联专家、中国政府的共同努力下，古老的华夏大地捷报频传：

1953年，东北、西北等地建起六个现代化的纺织厂；东北、西北等地新建的大型发电厂投产；鞍钢新建大型现代化轧钢厂、第一个无缝钢管厂、七号炼铁炉开工生产。这些成为"一五计划"第一年最振奋人心的消息。

1954年，鞍钢第一座自动化薄板厂正式投产；中国自制的初教六飞机飞上蓝天。

1955年，中国第一座现代化的刃量具厂——哈尔滨刃量具厂正式投产；中国第一台六千千瓦汽轮机在上海建成投产；这一年，中国公路通车里程14万公里，比1949年增加了1倍。

1956年，吉林热电厂第一台透平发电机和锅炉正式建成投产；第一架喷气式战斗机"歼5"试制成功，飞上蓝天；长春第一汽车厂建成投产，结束了中国不能造汽车的历史，成千上万辆解放牌汽车奔驰在祖国大地；这一年，中国钢铁工业提前完成"一五计划"，到11月底铁产量467万吨、钢产量415万吨、钢材323万吨。

1957年，中国已经建成覆盖全国的邮电通信网；武汉长江大桥建成通车，南北两岸天堑变通途。

1958年，中国第一台40马力柴油拖拉机在天津试制成功；武钢最大的炼钢厂开工兴建。

这几年里，中国一个个工业企业逐步建成投产，如同一根根血管渐渐连通，一根根骨骼渐渐发育，逐步形成一个较为完整的工业体系。中华人民共和国建设强大国家的梦想就这样一天天、一年年，从一个个工厂、一件件产品渐渐变成现实。

这些建设成就有着中国建设者的努力，更有着几千名苏联专家的热情奉献。必须看到，作为协调全局的总顾问，一百多个项目个

个都有阿尔希波夫付出的心血。比如鞍钢的无缝钢管厂建设，要组织苏联国内众多的企业、设计院的工程师们帮助设计最新的设备，阿尔希波夫首先需要提出各种技术要求，以保证其先进性，并掌握设计的进程和督促检查。设计完成后，要协调组织莫斯科、列宁格勒、斯维尔德洛夫斯克等大城市的三十多个企业制造这些现代化的设备，然后又要协调督促航空、铁路等部门将设备安全快捷地运送到中国的工地，再组织人员把这些机器设备组装、调试，直到正式生产，与此同时，还要组织中方从厂长、车间主任到岗位技工等人员去苏联相同岗位培训实习。

武汉长江大桥工地需要一种超厚规格的钢板，需要向苏联订购，但这种钢板的规格超过苏联钢铁厂的生产标准，办法只有两个：一是修改武汉长江大桥的钢板尺寸，但这会给大桥的整个设计都带来变动；另一个办法是改造苏联钢铁厂的生产设备，使之适合压制武汉长江大桥需要的钢板。如果改变长江大桥的设计，将会带来一系列问题，且费用会大大增加，这会给中国增加经济负担，工期也会延长。阿尔希波夫提出，由苏联钢铁厂改造生产设备。在他的协调下，最终苏联钢铁厂改造了生产设备。

第一汽车制造厂压制大梁需要一种大型冲床，冲床生产出来后，底座超长超高超重，通用的火车平板无法运输，即使在苏联装上车，也无法通过现有隧道。于是，阿尔希波夫协调铁路方面，专门为其制造了一个特殊的运输平板，降低高度，装上冲床底座后使之符合通过隧道的高度。为了中国的汽车厂能够按时投产，苏联方面专门设计制造了这种特殊的火车运输平板，及时地把设备运到中国长春。类似的事情还有很多很多。这对阿尔希波夫是挑战，但为了中国的经济建设，阿尔希波夫从不畏惧、退缩，他有一个原则：从中国的实际出发，一切为了中国的建设。他牢记离开莫斯科时斯大林说的话：要用生命保证，搞好与中国的关系，全力帮助他们开展经济建设。

1958年6月，阿尔希波夫的第二个任期到了，苏联政府决定调阿尔希波夫回国，出任苏联对外经济联络委员会副主席。此时的中苏两党之间，已经出现了不少分歧。周恩来预见到，这种分歧必然会波及经济、贸易等方面，进而影响两国关系。他向阿尔希波夫提出，苏联方面如果决定撤回专家，应当按批次逐步撤离。

6月6日，周恩来第二次设宴为阿尔希波夫送行。谈到几年来的友好合作时，与会者都掉了眼泪。阿尔希波夫也表示，他"已经很依恋中国"，舍不得走。阿尔希波夫帮助了中国人民，也赢得了中国朋友的信赖。

1960年，中苏关系彻底破裂。同年5月，苏联领导人赫鲁晓夫

决定一周内撤回所有援华专家。消息一传出,阿尔希波夫大胆直言:"我不赞同'火速'撤离。"此后不久,他带着担忧的心情访问中国。周恩来在与他会面时,建议苏联推迟一年、一年半或两三年撤回所有专家。后来,他又见到了陈云。两位老朋友心情沉重地谈了许久。陈云告诉他,为了两国人民的利益,无论如何也不能让事态进一步恶化。

访问结束回国后,阿尔希波夫想单独同赫鲁晓夫谈谈,转达中方的诚意。但是,他等来的是一个让人失望的电话:"一切都清楚了,已无任何问题需要补充了解,他(赫鲁晓夫)认为没有必要谈了。"

中苏关系的恶化,让阿尔希波夫感到很痛心。在那些阴云密布的日子里,他没有说过中国一句不好的话。相反,他顶着巨大的压力和政治风险,多次向苏共领导人安德罗波夫、雷日科夫、戈尔巴乔夫等提出建议,试图让中苏关系尽快得到改善。直到1984年,中苏关系才迎来转机。

1984年12月23日,阿尔希波夫克服重重阻力,以苏联部长会议第一副主席的身份,率团访华。24日上午,陈云坐着轮椅和薄一波、姚依林一起在中南海门口等候阿尔希波夫。还隔着十几米远,阿尔希波夫就快步走向陈云,陈云居然从轮椅上站起来迎向阿尔希波夫。两个人紧紧地拥抱在一起，薄一波、姚依林也和他们抱在一起，几位老人老泪纵横。当这个场面通过电视向全国播出时，多少人为之感动。陈云说："你是我们的老朋友，在50年代制定第一个五年计划过程中，我们合作得很好。对于苏联政府和人民过去的援助，无论是革命战争年代还是和平建设时期的援助，中国政府和中国人民都没有忘记过，也是不会忘记的。"

阿尔希波夫说："能够见到你们，真是高兴啊！"他伸手抹去脸上的泪水说，"我这次来的主要目的是想进一步发展两国在经济、贸易和科技等领域的合作。"

阿尔希波夫代表苏联政府同中国政府签署了新的中苏贸易协定，为改善两国关系迈出了可喜的一步。此后，阿尔希波夫又为恢复中苏两党关系做了大量工作。在他的推动下，1989年5月15日，戈尔巴乔夫对中国进行正式访问。这是自1959年以来，苏联最高领导人对中国的首次访问。5月16日，邓小平与戈尔巴乔夫举行会晤，宣布中苏两国关系实现正常化。

阿尔希波夫经常说："回到中国，就像回到了自己的家。"1996年春，89岁高龄的阿尔希波夫再次访华，接受了中国人民对外友好协会向他颁发的人民友好使者纪念章。其间，他在北京西郊看望了老朋友薄一波，还在大连的公园里种下一株小松树。离

开时,他边走边说:"我的根扎在这片土地里了。我把中国视为第二祖国……我的心一半在俄罗斯,一半留在了中国。"

1998年2月28日,91岁的阿尔希波夫在莫斯科辞世。新华社专门播发消息称:"中国人民的老朋友阿尔希波夫逝世。"

## "达瓦里希"毛泽东

20世纪50年代,人们口口流传着一个苏联专家误闯中南海见到毛泽东的故事。

三位在鞍钢工作的苏联技术专家因出差来到了北京,他们是第一次来中国,更是第一次来到北京。北京高耸的牌楼,红墙青瓦的古代建筑,沿街叫卖的小贩,冰糖葫芦和烤白薯更是让他们惊奇不已。异国的文化风俗使得他们备感新鲜,三个人在北京的大街小巷到处乱逛。有一天,游览完了故宫和中山公园后,他们沿着高高的红墙往西走,没多久看见一座高高的红门楼,看起来和故宫里有些建筑相似,但又显得庄严气派。他们以为这又是一处公园,便信步往里走,在门口却被警卫战士拦住了。警卫战士警惕地问他们:"你们要找谁?"他们听不懂中文,叽里呱啦的俄语也让警卫战士一头雾水。几个人比画了半天,以为要他们买门票,便掏出了钱。警卫战士又摆手又摇头。旁边一位警卫战士给他们指着大门里的影壁，上面镌刻着毛泽东题写的"为人民服务"几个大字。三位苏联专家看了半天不明白。突然，其中的一位掏出红色的"苏联专家工作证"。警卫战士一看是苏联专家，以为他们是有工作要进去，便告诉他们毛泽东在里面办公。警卫战士讲了半天，他们也听不懂，但听懂了"毛泽东"三个字，一个个兴奋地说"达瓦里希毛泽东""达瓦里希毛泽东"。"达瓦里希"是俄语"同志"的意思。他们比画了半天，意思是想见见毛泽东。警卫战士们误以为他们是毛泽东邀请的客人，便请他们进到新华门里面。里面就是中南海，到处是松柏垂柳，还有一汪碧绿的湖水。他们又兴奋又奇怪，这个公园里面怎么到处不见人？正走着，接到门口警卫报告的两位工作人员迎面走来，问他们从哪里来？要找谁？他们听不懂，便再次掏出工作证说道："达瓦里希毛泽东。"这两位工作人员很客气地将他们请进一间四合院，进了客厅，还给他们每人倒了一杯水。过了片刻，门口走进一位身材魁梧的人，他高高的额头，红光满面，和蔼地看着他们，笑眯眯地和他们握手。他们都见过毛泽东的画像，一下子都愣住了，这是毛泽东！我们跑到毛泽东的办公室来了？他们面面相觑，手足无措。跟毛泽东一起来的有一位翻译，他上前一问，才知道这三位是从鞍钢来的，逛公园，稀里糊涂地闯进了新华门。毛泽东很客气，微笑着请他们坐下，问他们到中国多久了。工

作忙不忙？生活习惯不习惯？想到在苏联，要是随便跑进克里姆林宫，那该是什么后果，三个人很紧张。毛泽东的问话使他们平静下来。他们七嘴八舌地向毛泽东讲述在中国工作、生活的感受。毛泽东向他们询问了鞍钢的建设情况，还向他们表示感谢。他们激动得结结巴巴地说："谢谢您，我们就是想见见中国人民的伟大领袖。"

几位苏联专家误闯中南海的消息迅速传到援华专家总顾问阿尔希波夫那里，他也吃了一惊，立即想办法联络上了这三位专家，让他们来到自己的办公室，把详细经过讲述一遍。直到确认没有发生任何别的事情后，他才放心。

### 苏联专家在东北

苏联专家来华前，苏共中央政治局批准的苏联专家在华《工作细则》中，明确了专家的任务是"在中华人民共和国经济文化建设事业方面，给予中华人民共和国企业、机关和团体一切可能的组织和技术援助"，苏联专家忠实地践行了这一要求。

鉴于东北和苏联接壤的地利条件，早在1945年4月中共七大会议上，毛泽东就明确指出：从我们党、从中国革命最近和将来的前途看，东北特别重要。即使现有的一切根据地都丢了，只要我们还有东北，中国革命就有巩固的基础。当然，其他根据地没丢，我们又有东北，中国革命的基础就更巩固了。解放战争时期，中共中央再次提出要"建立巩固的东北根据地"。东北全境解放后，为了支援关内的解放战争，中共东北局立即全力恢复经济，鞍钢是东北也是当时中国最大的钢铁联合企业，恢复经济的首要任务，就是迅速恢复鞍钢生产。此时的鞍钢已经饱经战火磨难。

鞍钢有一段屈辱的历史。1904年日俄战争爆发，俄国战败后签订了《朴茨茅斯和约》，日本夺取了原由俄国控制的长春至大连之间的南满铁路和旅大租借地。1906年，日本为加强对东北的政治和经济侵略，在大连设立了南满洲铁道株式会社（简称满铁），作为在经济上侵占中国东北地区的大本营。1909年8月，满铁对鞍山地区进行非法的秘密探矿，先后勘查了铁石山、西鞍山、东鞍山、大孤山、樱桃园、关门山、小岭子、弓长岭等十余座铁矿山，并发现了大石桥磷镁矿、烟台黏土矿等资源，认为鞍山地区是开矿建厂冶炼钢铁的宝地。满铁总裁中村雄次郎提出了掠夺鞍山地区钢铁资源的计划，由大汉奸于冲汉和日本人镰田弥助出面，组建中日合办振兴铁矿无限公司。1916年7月，由满铁全额出资的中日合办振兴铁矿无限公司总局在奉天（沈阳）成立，在千山设采矿总局，两年后采矿总局迁到鞍山。采矿总局霸占了周边11个矿区的开采权。于此同

时，日本开始着手建设鞍山制铁所。1917年4月3日动工修建高炉，1918年5月15日，"鞍山制铁所"正式成立，1919年3月，炼焦厂开始生产焦炭。4月29日，1号高炉点火，标志着鞍山制铁所正式投产。

1931年"九一八"事变后，日本占领了东北全境。1933年，日本政府将原定在朝鲜兴建的昭和制钢所改迁到鞍山，在鞍山制铁所的基础上，兴建制钢厂、轧材厂，成为钢铁联合企业。

1940年12月7日，昭和制钢所彻底兼并了振兴铁矿无限公司，形成了采矿、选矿、炼铁、轧钢的连续生产加工系统，鞍钢成为日本本土外最大的钢铁联合生产企业。

1945年日本投降后，苏军将鞍钢的机器设备拆除作为战利品运回国内。1945年9月，东北民主联军进驻鞍山，1946年4月，随着苏军撤出东北，国民党新六军攻占鞍山。1个月后，我军又占领鞍山，5天后退出。国民党重新进占鞍山后，南京国民政府派来6名有着留学经历的"接管"大员，并成立"资源委员会鞍山钢铁有限公司"，又从全国调集了200多名工程技术人员、上千名职员，再加上原昭和制钢所剩下的100余名日籍技术人员和1名德籍筑炉工长。靠着这些人，经过一年多的折腾，恢复了一小部分生产。1948年，辽沈战役打响，东北野战军全歼鞍山守敌，再次攻占鞍山。国民党军撤退时又炸毁了部分设施。1948年10月6日，国民党军再次占领鞍山。辽沈战役结束后，东北全境解放，1948年11月3日，我军重新夺回鞍山。三年的时间里，鞍山几度易手，战争给鞍钢造成极大的破坏，工程技术人员也所剩无几。这时的鞍钢已是满目疮痍，惨不忍睹，到处是倒塌的建筑物，被炸毁废弃的高炉内长满了半人高的野草。

1948年12月26日，东北行政委员会批准成立鞍山钢铁公司并开始组织恢复工作。但由于工程技术人员严重缺乏，恢复工作困难重重。东北民主政府在电报中提到："鞍钢当时的制造部包括现在的机修总厂、中板厂、轧辊厂和铸管厂等只有一名工程师和两三名技术员""技术人员少得可怜"。经过努力，1949年底，采矿、炼铁、炼钢、轧钢部分勉强恢复生产，但由于破坏过于严重，加上缺乏工程技术人员，鞍钢的恢复工作缓慢。由于运输系统被破坏，送到高炉的铁矿石、焦炭等原材料都靠人力手推车甚至是马车运输。

要恢复生产首先需要技术人员，可是东北地区缺乏大量政治合格、技术过硬的工业建设人才。1949年1月10日，陈云在给高岗的复电中指出，留在鞍山的日本技师在技术上既不精，在政治上也不可靠，要尽快聘请苏联专家前来；否则，不仅鞍山、本溪的钢厂难以全面复工，就连需要从国外订购哪些设备都开不出清单。陈云在一

次会议上告诉苏联大使罗申:"恢复国民经济的一个重大障碍是缺少既懂专业而又忠于人民政府的技术干部。以最大的鞍山钢铁企业为例,那里的70名工程师中竟有62名是日本人,他们在心理上仇视中国人,尤其是中国共产党。在日本人被遣送回国后,东北钢铁行业的技术人员占工作总人数的比例已经降至0.24%。"

钢铁是国民经济发展的重要基础,恢复鞍钢建设对中国尤为重要。早在1950年3月27日,中国政府已经与苏联政府签订了《苏联与中华人民共和国关于恢复和改建鞍钢技术援助协议书》。这一次,周恩来、李富春等人在苏联谈判苏联援华项目时,鞍钢的恢复是重点之一并被反复提及。谈判结束签订援助协定后,中苏双方专门针对鞍钢签订了单项协定。协定规定,从1952年到1955年苏联帮助中国在鞍钢建设无缝钢管厂、大型轧钢厂和炼铁厂7号高炉三项工程,加大向鞍钢提供设备、设计项目、派遣专家和接收实习生的力度。鞍钢的三大工程是"156项目"最早投入设计与建设的。1952年7月14日,鞍钢无缝钢管厂工程破土动工;同年8月1日,大型轧钢厂工程破土动工;1953年2月27日,炼铁厂7号高炉工程也开始动工兴建。这三项工程均由苏联提供设计及成套设备,并指导建设和安装,是机械化、自动化程度较高的大型现代化工程。其中大型轧钢厂的设计能力为年产钢轨及大型钢材50万吨,无缝钢管厂的设计能力为年产各种无缝钢管6万吨，炼铁厂7号高炉建成后有效容积为918立方米，是当时全国最大的高炉。

为了保证建设速度，中苏双方对鞍钢"三大工程"设计文件的交接、各项合同的签订都放在莫斯科进行。据当时驻莫斯科协助中国政府代表团谈判的"鞍钢国外小组"成员赵栋梁回忆：

> 那时，平均每两三天，我就得往国内发一批资料（设计文件），国际邮寄需要称重，到了年底，我把所有单据加在一起，发现在小半年的时间里，共邮寄了设计文件和技术资料6.5吨。1953年春天，鞍钢七号高炉工程正式开工，我的工作更加繁重，平均每两天开一次会，苏方交给我的资料更是大幅增加。刚开始，来回送资料都是用皮箱，不够用了就在国外买，但资料太重，皮箱用一次就坏了，很不经济。之后，国外小组从国内运来帆布袋，在里面衬上防水布，又轻便又结实，只是每次装满资料后，都得靠两个人抬。

（摘自《冶金史话》新中国工业奠基：鞍钢"三大工程"）

按照协定，苏联派来大批专家指导"三大工程"，最多时达到一百多人。在七号高炉的工地上，一个苏联专家为了攻克技术难题，把自己关在屋里七天七夜，饿了就抓起身边的馒头啃两口，困了就趴在桌上休息一会儿。七天后，他带着解决方案从屋里出来

时，只见他头发蓬松，胡子很长，满脸憔悴，把大家都吓了一跳。面对人们惊讶的目光，这个苏联专家倒毫不在意，还高兴地说：熬了七天就出了方案，值！

鞍钢"三大工程"建设的顺利开工，为中国国民经济进入大规模基础建设揭开了序幕。

苏联专家来到鞍钢后，帮助鞍钢恢复生产，给鞍钢解决了很多技术上的问题，在生产的几个重要环节上起到了决定性的作用。

管理也是生产力。在指导恢复生产时，苏联专家注意到生产管理上存在许多问题，如规章制度不健全、生产调度不科学、物资管理混乱等。苏联专家对鞍钢的管理机构提出了一套完整的整编意见，仅1957年就提出176项改进建议，亲自帮助和指导解决了许多重大问题。

从1952年起，大批苏联专家陆续进入东北的各个企业。1953年，东北工业部计划再聘请苏联专家共计106人。在与苏联驻东北专家组长瑞德润夫商量援华专家名单与人数时，瑞德润夫提出还要追加3名专家，分别是砂轮生产设计专家1人、滚珠轴承生产工程师1人、鞍钢孔型轧钢工程师1人。另外，还需增聘电器工业设计顾问7人，以培养设计力量，适应电器工业发展。这也可以看出，苏方是真心实意地在为中国经济的全面体系化发展考虑。

发展经济人才是关键。由于日本长期的殖民统治，东北的工业企业全部都是日本人控制，主要技术人员都是日本人。日本战败撤走后，不光技术专家奇缺，各个工位的技术工人也极为缺乏。东北全境解放前夕，林彪在给斯大林的信中提出，为了尽快培养自己的专家干部，希望苏方扩大当时中长铁路工业学院的规模，派遣以校长为首的工业学院教授、讲师12人来校。东北全境解放后，面对工业建设干部、技术人员奇缺的现状，除了从关内各大学、科研机构聘请技术人才外，苏联专家在东北的工业大学或工业学院建立苏联模式的工业人才培养机制，同时，各工厂企业中的专业人才以短期培训班的方式进行速成培养。

哈尔滨工业大学是当时国内最负盛名的培养工业人才的高等院校。哈尔滨工业大学始建于1920年，当时主要为"中东铁路"培养铁路维修养护的技工人才，校名为"哈尔滨中俄工业学校"，设铁路建设和电气机械工程两个科。首届三个班共招收103名学生，学制四年，用俄语教学。1922年4月2日，学校改名为中俄工业大学校，学制由四年改为五年。1928年10月20日，将法政学院和商学院并入后，学校正式定名为哈尔滨工业大学，由中苏共管，张学良将军任校理事会主席。1935年学校被日本侵略者接管。抗日战争胜利后，哈工大由中苏两国政府共同管理。1950年，学校由新中国接管，设

有土木建筑、电气机械、工程经济、采矿、化工和东方经济等系及预科。

1951年4月,刘少奇批示,"仿效苏联工业大学的办法,培养重工业部门的工程师和国内大学的理工科师资",确立了哈工大的办学方针和任务。从1951年3月到1952年7月,苏联方面派出了以古林为组长的苏联专家共计10人来到哈工大,帮助创建新型工业大学,从教学、师资培养和学科建设等方面给予全面帮助,将哈工大改造成为培养重工业高级技术人才的多学科工业大学。根据苏联培养工业学校师资的经验,建立研究生制度;在边学边教的情况下,苏联专家普罗荷罗夫指导焊接专业研究生结合生产实际,协助企业解决技术问题。为培养更多的工业技术人才,国家每年抽调各大学理工学院讲师、助教和教授150名进入哈工大,在苏联教授的帮助下研究深造,提高国内各大学理工科师资的水平。到1960年,哈工大共聘请了67位各专业的苏联专家教授,帮助哈工大和全国培养了566名研究生和487名进修教师。这些专家通过自己的言传身教,不仅培养了大批工业师资和技术人员,也将苏联培养工业人才的教学模式传授给中国的高校,帮助中国高校建立了一整套培养研究型、应用型工业人才的办学模式。

除此之外,苏联专家还帮助中国培养了大批各行各业的管理干部。新中国刚成立时，首先缺乏的是统计干部。当时苏联派遣专家援华，中方提出需要铁路、煤炭、交通、钢铁机械等行业的专家，但是苏方问需要这些行业中具体哪些专业的专家时，中方就无法回答了；另外，中方向苏方要求提供援助，但成体系的援助细目却无法提出。苏联专家来到中国后，需要对国民经济各个行业的现状全面摸底，以便有针对性地制定援助计划，但相当一部分的干部连统计表都不会制作，统计干部缺乏系统训练，统计出来的情况与实际情况差距很大。无奈之下苏方决定，首先培养统计干部以便摸清家底。1952年，苏联仅为东北地区培训计划统计干部就达三万多人。

东北工业在恢复时期，各工矿企业和基本建设部门推行了数十种苏联先进经验，这些先进经验对加速东北工业建设发挥了重大作用。通过向苏联专家学习和引进苏联管理经验，东北工业无论在领导方式上，还是在生产技术和计划管理体制上，都深深地打上了苏联烙印。

在苏联专家的帮助下，东北工业恢复迅猛。按照工业指数对比，如果1943年是100，1950年是68.5，到国民经济恢复即将结束的1952年，东北的工业指数已经猛涨到了129.4。工业占工农总产值的比重上升到59%。东北在工业设备规模、就业职工人数、劳动生产率以及生产总值等方面，均已显著超过日伪统治时期的最高水平。

## 高、精、尖武器起步

高精尖武器系统是"156项目"的重中之重。原子弹是国之重器,在中国原子弹研制起步阶段,苏联专家功不可没。苏联不仅提供了设备、图纸和技术资料,而且派遣近千名专家来到中国。他们都明白原子弹工程的意义和重要性,在工作中极其认真,从工厂的选址、设计,到设备的采购、制造、安装、调试,每一步都严格要求,不允许半点超出规范之外的行为。在他们的指导下,我国建成了湖南和江西的铀矿、包头核燃料棒工厂及酒泉研制基地、新疆的核试验场。

在帮助中国技术专家理解文献资料、培训中国技术工人掌握操作技能等方面,苏联专家的作用更为重要。加夫里洛夫讲解了原子弹爆炸过程的物理图片,以及爆炸产生的冲击波的物理现象和释放出的物质状况;涅金讲述了原子弹的制造及其结构原理——从外形直到中子点火装置;马斯洛夫讲授了如何在弹道装置里安放原子弹,以及其他仪器。刚开始专家们仅是在黑板上画出结构示意图,因为他们没有带来文献资料(根据协议,转交文件是以后的事情)。但是,当中国的技术人员反映对讲课的内容可能记录不完全或有理解上的错误时,苏联专家便将许多讲课内容抄写给他们。原二机部副部长袁成隆回忆说："当年，在我国决心发展核工业生产，拥有自己的原子弹时，苏联对我们是支持的，先后派来二机部工作的苏联专家有上千名之多。"

如果说原子弹是拳头，导弹则是运载拳头的工具。导弹具有飞得快、飞得远、落点准的优点，但在中国，没有人见过这个家伙长什么样，更别谈掌握和制造了。根据《国防新技术协定》，苏联要向中国提供导弹的实物样品，还要向中方交付相应的技术资料，派遣有关技术专家来华指导和帮助中国学习和掌握导弹技术。

1957年11月26日，苏联代理军事总顾问沙甫琴科少将转达了苏联国防部的通知，将于12月下旬以两列火车60个车皮运载P2型地对地导弹及地面设备到中国满洲里。为教会中方使用和维护，苏方将派103人随同前来，教学期为3个月。

中国人民解放军第一支地对地导弹部队对外号称"炮兵教导大队"。12月24日，导弹运载列车到达炮兵教导大队驻地时，时任国务院副总理兼国防部长的彭德怀亲手解开了系在P2型导弹上的红绸带，满含深情地对在场官兵说："这是苏联老大哥过继给我们的'儿子'，祖国把它托付给你们了，你们可要把他当作亲生儿子看待呀！"12月30日，以盖杜柯夫少将为首的苏联专家组抵达北京，开始帮助中国进行导弹试验靶场的勘察设计工作。

1958年1月11日，炮兵教导大队第一期训练班开班。负责炮兵教导大队业务领导的钱学森说："P2型导弹是苏联第一代产品，谈不上先进，但对我们来说，毕竟有了教学实物，可使我们少走弯路。我在美国就没看到这样的实物，要好好学！"参加训练的学员共533人，另有见习人员150人，分成23个专业教学组，采取按职务对口教学的方式，由苏军导弹营官兵直接任教。苏联教官严格按照实训大纲，严格认真，一丝不苟，将导弹拆开，逐项讲解。到1959年7月24日培训结束，共培养了地对地导弹专业技术骨干1 357名，为中国导弹部队的诞生和发展奠定了基础，同时也培养了大批技术人才、教员和管理干部。

建立导弹科技工业需要建设相应的研究、设计、试验等设施。1958年1月18日，钱学森、王诤等组成中国代表团，同苏联经济联络总局驻华副代表加里宁与季琴科夫等12名来华专家组成的苏联代表团，就苏联援建两个分院、试制工厂、试制基地以及组织P2导弹仿制问题进行谈判。经过谈判、考察和选址，最后确定在北京建设导弹研制基地，并商定了基地4项工程建设的任务书等。

1958年3月10日，彭德怀批准了任务书。4项工程合计建筑面积41万平方米，所需设备7 000项、10万多台（件），建设周期7年。4项工程的初步设计由苏方负责，施工图设计与土建施工由中方负责。在苏联专家的帮助下，从1958年3月开始，我国在内蒙古额济纳旗建设导弹发射试验基地，当年10月被命名为"20基地"。经过数万名官兵两年半的紧张施工，1960年8月，"20基地"完成建设任务并投入使用。

在学习导弹操控的同时，仿制工作也同步进行。1958年6月28日，苏联提供的P2导弹图纸与第一批技术资料运至国防部五院。8月27日，帮助中国进行仿制的第一批苏联专家抵达五院。11月20日，又有几批技术资料到达五院，包括生产图纸、技术条件、计算资料、标准件、工艺流程、部分工装模具、试验设备及冶金资料等。在苏联专家的指导下，P2导弹仿制工作全面展开。

为了给中国的导弹事业培养专业技术人才，1958年9月，中国正式成立了导弹学校，负责培训全军所需地对地、地对空、岸对舰等导弹兵器的工程技术和指挥干部。学校按照苏联专家的意见设立编制，并聘请古谢夫、尼古拉耶夫等12名专家授课。

1960年，中苏关系全面破裂，苏联专家全部回国。由于有了前期的积累，国防部五院的仿制工作仍在继续。我国科研人员克服重重困难，自行研制了首批"东风2号"导弹，以后又研制出了近、中、远等各种型号的导弹，发展出自己的导弹家族。

除了地对地导弹外，根据中苏国防新技术协定，苏联还为中国

提供了地对空导弹系统。1958年10月6日,中国第一支地对空导弹部队在北京正式成立,代号为543部队。11月27日和29日,苏联提供的4套萨姆2地对空导弹运到北京,其中2套装备空军部队,1套用来仿制,1套给试验基地做试验用。前来任教的苏联专家共95人同时到达。

根据新协定,空军也得到了更先进的飞机。在此之前,苏联向中国转让的是"米格15"和"米格17"技术,中国仿制的是"米格17",国内编号为"歼5"。"歼5"属于入门级的喷气式战斗机,性能较差,中方一直希望能得到更先进的飞机。"米格19"是苏联1951年针对"米格15"在朝鲜战场暴露出来的问题重新研制的一款战斗机,1953年试飞,1955年装备部队。"米格19"具有良好的爬升率、机动性、加速性和操纵性。引进"米格19"后,沈阳飞机厂立即进行仿制,国内编号为"歼6"。

"图16"是苏联图波列夫设计局针对北大西洋公约组织成员国重要军事目标进行战略轰炸要求,为苏联空军设计的双发高亚音速中程轰炸机。该机升限12 800米,续航时间7小时20分,最大航程6 000千米,活动半径2 300千米。性能和尺寸大致和美国的B47、英国的"勇士""胜利者""火神"轰炸机相当。该机于1952年首飞,1955年交付使用,"图16"为服役编号。在苏联空军中,"图

16"服役时间不长,还属于保密的新式武器。根据《国防新技术协定》,苏方要向中方提供"图16"中程轰炸机,但时间是几年以后。正在这时,一个戏剧性的事情让"图16"提前来到中国。

1958年7月中旬,伊拉克人民推翻伊拉克王室,建立伊拉克共和国,并退出巴格达公约。美、英立即派兵进驻黎巴嫩与约旦,中东形势紧张。7月18日,中央军委召开紧急扩大会议,毛泽东在会议上说:"世界上有一个地方叫中东,最近那里很热闹,搞得我们远东也不太平,人家唱大戏我们不能只做看客,政治局做出了一个决定——炮击金门!"毛泽东说,中国民众上街游行示威是在道义上和政治上支援"中东人民反侵略",但光是道义支援不够,必须有实际行动,炮击金门马祖地区,意在牵制美军在远东的兵力。

8月23日,随着一声令下,万炮齐发,金门陷入一片弹雨火海。解放军炮击金门后,美国和蒋介石都迅速做出反应,美国总统艾森豪威尔甚至叫嚣要对中国使用原子弹,台海局势骤然紧张。

苏联是中国的盟友,虽然赫鲁晓夫对中方突然采取如此大的军事行动却不向苏联通报极为不满,但他仍然表态支持中国的行动。9月16日,赫鲁晓夫在雅尔塔接见中国驻苏联大使刘晓,主动提出苏联可派一批携带导弹的"图16"轰炸机到中国,这批飞机由苏联飞行员驾驶,可在中国炮击金门时提供空中打击力量。刘晓迅速将此

事向中央汇报。由外国飞行员驾驶战机在我国领土执行战斗任务，事关中国主权，周恩来拒绝了此事，但提出，中国希望提前制造"图16"轰炸机，并就试制问题致电赫鲁晓夫，取得了赫鲁晓夫的同意。在当时能有这样一款性能优异的中程轰炸机而且允许中方仿制，对正处于台海军事斗争的解放军来说，真是件大好事。中方随即派人赴苏进行具体谈判。1959年4月，双方达成协议并签订《国防新技术协定》的《补充协议》，苏方承诺1960年上半年供应中国20架（份）飞机本体、40台（份）发动机、96项仪表等机载成品和其他相应的毛坯材料等，由苏联专家指导和帮助开展仿制工作。就这样，"图16"轰炸机来到了中国。但仿制工作尚未开展，中苏关系破裂，中方靠自己摸索仿制，困难重重，直到十余年后才仿制成功并投入批量生产。中国仿制成功后，军方编号为"轰6"。经过不断改进，今天"轰6"的改进型还在服役。

除了原子弹、导弹、飞机外，中苏还就发展海军舰艇制造达成协议。1959年2月4日，中苏签订了《关于苏联政府给予中国海军制造舰艇方面新技术援助的协定》。按此协定，苏联政府同意卖给中国海军五型舰艇（常规动力导弹潜艇、中型鱼雷潜艇、大型和小型导弹艇及水翼鱼雷艇）、两种导弹（潜对地弹道导弹和舰对舰飞航式导弹）以及这些舰艇的动力装置、雷达、声呐、无线电、导航器材等51项设备的设计技术图纸资料和部分装备器材，并转让这些项目的制造特许权。

国防新技术需要大量专业技术人才，培养这些人才需要进行系统专业的教育。根据中方的要求，苏共中央书记处讨论并批准了关于向中国派遣国防专业技术方面的苏联专家和高校教师的报告。经赫鲁晓夫亲自签署的苏联部长会议决议，责成苏联高等教育部和苏联国防部于1959年9月派遣6名国防专业技术的专家和高校教师到中国国防工业的科研院所工作，期限为1-2年，其任务是为中国培养相关技术人员。

1960年，由于中苏在意识形态上的分歧，苏联停止了对华援助并撤走了全部专家。但到了年底，两国关系又出现回暖。世界八十一国共产党和工人党会议在莫斯科召开，苏联需要中共的支持以保证会议取得表面上的成功。于是，赫鲁晓夫再次拿援助做文章。

1960年11月，刘少奇前往莫斯科参加八十一国共产党和工人党会议。中苏两党出于各自的战略需求，都采取了防止关系破裂的措施，最终达成了会议共同宣言。随后，刘少奇以国家主席的身份访苏，使几个月来双方的紧张关系得到缓和。1961年上半年，苏联开始部分地恢复了对中国国防和经济方面的援助。1961年2月，赫鲁

晓夫写信给周恩来,主动提出愿意向中国提供当时苏联最先进的米格21战斗机和全部技术资料。对于急需军事科技的中国来说,这当然是件好事。这次援助的米格21在中国仿制生产后,军方编号"歼7",成为苏联最后一次向中国提供的军事援助项目。

客观地看,苏联给中国的这些援助项目,对原子弹、导弹、喷气式飞机尚处在完全不了解情况的中国来说,起到了给根拐棍引进门的作用,减少了中国在黑暗中摸索的代价。在家底如此之薄、技术如此之缺乏的情况下,能够在较短的时间内研制出原子弹、导弹、喷气式飞机,除了中国科技人员的聪明才智和艰苦付出外,苏联方面的援助功不可没。从这个意义上讲,应该给赫鲁晓夫一个大奖章。

### 试制"歼5"喷气式战斗机

1950年12月,李富春急召东北邮电总局党组书记段子俊谈话,一见面就告诉他:"中央决定成立航空工业局,要调你去工作,而且马上就组团到莫斯科,参加苏联援助我国建设航空工业的谈判。"

志愿军赴朝后,因为没有制空权,地面部队和交通线总处在美军的空中威胁之下,边境领空也常遭袭扰。毛泽东指出:"我们打了几十年的仗，建立了强大的陆军。但是，我们没有空军对付头上的敌机，就是凭不怕死，凭勇敢，凭敢于牺牲的精神。今天，我们有了建立海军、空军的条件，应当着手建立一支强大的海军和一支强大的空军。尤其是空军，对于国防极其重要，应当赶快建立。"根据毛泽东的指示，周恩来、陈云、李富春、聂荣臻随即着手筹划创建中国航空工业事宜。

段子俊匆匆赶到北京后，参加了由周恩来主持召开的会议，与会的有代总参谋长聂荣臻、空军司令员刘亚楼、重工业部代部长何长工、中央财政经济委员会的沈鸿，会议的中心议题是研究中国航空工业的创建和发展道路问题。周恩来指出：中国航空工业的建设道路，要从中国的实际出发。我们是先有空军，而且正在朝鲜打仗，大批作战飞机需要修理，这是首先要解决的。针对中国先有空军，后有航空工业的特殊情况，周恩来讲述了由毛泽东审定的先修理后制造，再自行设计的航空工业建设方针。原则是"由小到大"，在设计建立修理工厂的同时，就要考虑以后转为制造厂的问题。周恩来在总结发言时说："我国是拥有九百六十万平方公里的国土、五六亿人口的国家，靠买人家的飞机，搞搞修理是不行的。"

1951年1月1日，何长工、段子俊、沈鸿三人飞往莫斯科。正式谈判前，何长工先约见了苏方的谈判主持人、苏共中央政治局委

员、苏联外长维辛斯基。何长工俄语讲得不太好,但法语讲得很好,所以常用法语、英语、俄语同维辛斯基交谈。维辛斯基见何长工能讲几国语言,很奇怪地问:"你是干什么的,是位将军吗?"将军的头衔,对率兵打仗几十年的何长工来说当之无愧,但他想活跃一下气氛,就用俄语答道:"我是个游击队员。"维辛斯基当即对他投以钦佩的目光。

苏联方面对谈判相当重视,组成了由外贸部、国防部、航空工业部、航空工业总设计院等单位负责人和维辛斯基的七人委员会。

谈判的第一个问题是中国建设航空工业的道路和原则。一开始,苏方对中方提出的由修理到制造的方针不理解,他们认为应该先谈修理的问题,制造是以后的事。何长工、段子俊反复解释了要有长远规划的重要性,强调一开始就要从布局、土建、设备安装等方面考虑向制造的过渡。经过力争,苏方接受了中方的意见。

第二个问题是修理的规模。最费周折的是第三个问题,即工厂的设计在哪里进行。苏方一再坚持在莫斯科设计,送图纸到中国照图施工。何、段则反复指出这样不符合中国具体国情,因为基本建设很复杂,要在选点、水文地质勘探的基础上进行设计。我们不能为修改与现实脱离的图纸,整天乘飞机往苏联跑。最后,苏方同意到中国设计。

每逢谈判涉及一些关键数字或需要拍板时，代表团都要先致电周恩来、陈云、李富春、刘亚楼等请示。根据周恩来的指示，代表团又对准备签约的协议草案作了修改。双方取得一致意见后，苏方立即将草案送斯大林审批。上午11点送去，下午2点就批了下来。代表团成员感觉到，斯大林在中国航空工业的援建问题上是坚持了国际主义立场的。

谈判结束后，维辛斯基亲自举行宴会，为中国代表团饯行。他风趣地对何长工说："何同志，下一次见面时，希望你带两个空军团到莫斯科来，在红场上降落，请斯大林同志检阅。"何长工笑着回答："那不成问题，也许我会带三个团啦。"

1951年7月，根据中苏双方签订的苏联援助中国建设航空工业的协议，苏联航空工业专家组来到中国。

朝鲜战场战事炽热，飞机修理当然是第一位的。但如何从修理向制造过渡？在生产建设上应如何安排、分几个步骤、创造怎样的条件？这些事情必须从现在就开始考虑。段子俊于是向苏联顾问请教。苏联驻中国航空工业局总顾问波斯别霍夫回答说："我国政府交给我的任务就是搞飞机修理，修理出了问题，我负责任。但对飞机制造，我无权发表意见，那是需要提请两国政府商定的事。"波斯别霍夫态度机械，听指示办事。

段子俊转而找到基建计划处的苏联专家组组长瓦西列夫。瓦西列夫完全赞同段子俊的想法,根据他对中国实际情况的了解,认为飞机修理厂与飞机制造厂的建设最初不应分开,而应结合起来考虑,这样可使从修理到制造的进程加快三至四年。他在仔细地分析后说:"已选定的五个大厂的厂址离城市中心很近,交通、水电、线路均可借用原有设施,无须另建。如果筹建大厂时就把修理和制造结合起来,在修理的同时,就开始零部件制造,直到把飞机全部制造出来。这种边修理、边组织零配件制造的过程,也是各类人员培养、成长,各种规章制度建立、健全的过程。这样做是最快的。"

段子俊又问:"制造飞机是不是应该有个先后顺序?"

瓦西列夫说:"根据你们的条件,先上'雅克18'为宜,若纳入重点进行,明年就有希望造出飞机。这是就最快速度而言的,因为这种飞机的构造比较简单。至于米格飞机,即使全力以赴也需三至四年时间。"

在谈到中国航空工业的发展条件时,瓦西列夫认为关键是对熟练工人和技术人员的培养。他最后对段子俊说:"今天只谈了一个大概的轮廓,我随后就可以提供一份图表,注明详细的数据,或许对你考虑问题和拟定规划有帮助。"

四十多年后，段子俊在回顾这段往事时，感慨地说："瓦西列夫对中国航空工业的起步功不可没。他的成套建议，对落实周恩来由修理到制造的指示，做出了具体的统筹规划。特别是他根据中国国情提出的先修造结合、再修造分离的步骤，既满足了战争年代对飞机修理的需要，又大大缩短了由修理向制造过渡的时间。"

根据瓦西列夫提交的图表，段子俊再次找到波斯别霍夫，诚恳地表示希望他能为中国航空工业的发展献策。波斯别霍夫在沉思一番后说："如果两国政府下决心的话，在中国制造出'雅克18'教练机，我想是很快能实现的。至于进一步搞米格飞机的事，我实在不好讲。"

根据与苏联顾问的几次交谈，段子俊拟定了思路，在部党组会议议定了航空工业3-5年计划：1953年试制出"雅克18"及米格飞机；1955年试制出"米格15"；有可能的话，争取在此后试制出"图2"轻型轰炸机。

李富春了解到苏联总顾问对中国准备在较短时间内完成从修理转向制造的过程有异议，于是亲自与波斯别霍夫交谈并最终说服了他。波斯别霍夫随即专程回莫斯科汇报此事，并得到了苏联政府的同意。

1951年8月9日，航空工业局向中央报告了《航空工业建设计

划的初步意见》。1951年10月,中苏两国政府正式签订了《苏维埃社会主义共和国联盟给予中华人民共和国在组织修理飞机、发动机及组织飞机厂方面以技术援助的协定》。在苏联专家的指导和帮助下,中国人开始了自己制造飞机的历史。

1954年7月26日清晨,江西省南昌市近郊,国营320厂试飞站,人声鼎沸。第二机械工业部部长赵尔陆、江西省省长邵式平、省委副书记白栋材、空军副政委吴法宪、二机部四局的负责人、苏联总顾问波斯别霍夫以及空军、海军的领导,聚集在临时搭建的主席台上。

随着绿色的信号弹划破长空,3架飞机振翼腾空,在试飞站上空变换编队队形,做着种种特技表演。中国人自己制造的飞机上天了。但这只是螺旋桨的初级教练机,中国空军需要更先进的喷气式战斗机,段子俊立即开始了下一步的工作。

1956年7月19日,夏日的东北,艳阳高照,沈阳北陵机场,一架银白色的喷气式歼击机在众多目光的注视下,呼啸着腾空而起。飞机机身前部,印着鲜红的"中0101"。这个代号的意思是,新中国生产的第一批第一架飞机。

1956年9月10日,国营112厂(现中航工业沈飞)隆重召开国产第一架喷气式歼击机——"歼5"试制成功祝捷大会,聂荣臻为"歼

5"飞机剪彩,代表国务院总理周恩来发给112厂20万元奖金,并向苏联专家颁发了奖状。9月19日,首批生产的4架"歼5"飞机交付部队使用。

1956年10月1日,新生产的第一批4架"歼5"喷气式战斗机参加了国庆阅兵。站在天安门城楼上检阅的毛泽东主席,指着飞机对外国朋友说:"我们自己的飞机飞过去了。"后来,毛泽东在《论十大关系》中写道:"自从盘古开天地以来,我们不晓得造飞机、造汽车,而今开始都能造了。"

### 试制"03型"潜艇

新中国海军创建时期,除了缴获敌人的舰艇外,只能修复旧舰艇和将一些商船改造成巡逻艇。面对台湾海峡对面的国民党海军,新中国急需建设一支强大的海军。1950年10月8日,毛泽东致电斯大林,希望苏联转让技术和提供设备,帮助中国建造驱逐舰、扫雷舰和鱼雷快艇,并得到斯大林的允诺。1952年4月中旬,海军萧劲光司令员和罗舜初副司令员率领中国政府代表团访问苏联,商讨《海军订货协定》。在有了初步成果后,1953年初,罗舜初再次赴苏谈判。1953年6月4日,中苏双方在莫斯科签订了《关于供应海军装备及在军舰制造方面对中国给予技术援助的协定》(以下简称《六四

协定》）。

《六四协定》规定，中国海军除了购买四艘6607型驱逐舰与两艘C型常规潜艇外，还将在1953年至1955年内接收苏联移交的六种舰艇的全套器材设备及图纸资料。

为了帮助中国发展海军和自制舰艇，苏联政府专门组织了"技术援助委员会"来华工作，该委员会前后共有288位专家来华。其中，舰艇设计30人，建造工艺136人，安装调试44人，工厂设计16人，交船验收58人以及总顾问4人。委员会及其下属专家组按工作性质与中方相应机构对口配合，在编制造船工业长远规划、选购配套机电设备、解答工艺技术难题、翻译校对图纸资料、选择各型舰艇试航基地以及培训中方技术人员等各个方面，给予中方全方位的指导和帮助。

随着技术资料和器材设备逐步到位，1954年11月，首批苏联专家来到中国各造船厂。

潜艇是现代海军最具威慑力的进攻性武器。由于要在几百米下的深海航行，潜艇的建造难度最大。《六四协定》规定由苏联向中国转让613型潜艇，中国仿制后改称"6603"型潜艇（简称03型潜艇）。西方称此型潜艇为"W"级。

根据《六四协定》，前3艘"03型"潜艇的艇体由苏联提供半成品，在中国组装。中方确定，由上海江南造船厂建造"03型"潜艇。1954年7月，江南造船厂厂长郑重、党委书记黄涛、总工程师王荣瑛立即全面布置"03型"潜艇的建造工作，任命薛开国为"03产品"总建造师兼监造组组长，周明甫、吴全福、沈校良、徐坤元为副总建造师，并派出25人赴苏联学习"03型"潜艇的建造技术。

1955年3月，以席姆初日尼柯夫为首的苏联专家共36人到上海江南造船厂帮助和指导潜艇的建造工作。同年4月14日03首艇（国家编号为"新中国第15号"）开工。

1955年9月29日，首艇开始水压试验。经过规定的12小时强度试验后，除上层的几根撑脚被挤压弯曲外，其他部位都没有出现裂缝、漏水等现象，潜艇艇体的设计强度和焊接质量良好可靠。听到苏联专家宣布测试结果后，在场的中方人员的紧张心情才得以放松，他们喜极而泣，这是中国的第一艘自制潜艇啊！

1956年1月10日，天寒地冻，黄浦江上结了一层薄冰。这一天上午，工人们突然发现，有个人在厂领导和军代表的陪同下向船台走来。到了近处，眼尖的人一眼认出是毛主席，人群顿时躁动起来。毛泽东向大家频频招手问候。他围着静卧在船坞里的潜艇转了整整一圈，一边仔细察看潜艇的形体，一边听取技术人员汇报潜艇的建造情况，并不时地提出一些问题。当工人和技术人员表示"我们不

但要学会装配,而且要学会自己制造,还要赶上和超过别的国家"时,毛泽东高兴地笑了。

1956年3月26日,由中国建造的第一艘"03型"潜艇下水,舷号为"115"。1957年10月27日,03首艇完工交船。自第四艘艇起,仅由苏联提供材料和设备,工厂从放样、下料开始自行建造。

通过"03型"潜艇的制造,工厂与设计部门学会了建造潜艇的工艺和技术,也学会了以工艺计划为中心,按工艺阶段和工艺项目组织生产的科学方法,并建立了一系列质量检查制度,为江南造船厂制造现代化舰船奠定了基础。

海军是高技术军种,新中国海军是从陆军中抽人组建的,除了少部分原国民党海军起义人员外,既没有专业的海军人才,又没有现代化的军舰。1950年初,刚刚就任中国人民解放军海军司令员的萧劲光,乘坐从渔民那里租来的小船到威海刘公岛勘察,驾船的渔民得知眼前这位就是新中国的海军司令员时,不禁吃惊地说:"您是海军司令,怎么还要租我们的渔船?"

这就是人民海军成立之初的真实写照。20世纪50年代的人民海军,要守卫海防抗击美蒋海军的进犯,却没有千吨级以上的作战舰艇,这直接影响着我国东南沿海的海防安全。要尽快建设强大的海军,就得寻求苏联援助。

1954年，依据《六四协定》，中国从苏联购进四艘"07型"驱逐舰以及部分武器装备和相关技术资料。这是苏联在二战时使用的即将退役的老舰，但对于中国海军来说却是宝贝。1954年10月13日上午，由两艘驱逐舰、两艘扫雷舰、两艘潜艇组成的舰艇编队，从海参崴启航穿过对马海峡，徐徐驶进青岛港。

两艘"07型"驱逐舰"列什切里内依"号和"列齐威"号分别被命名为"鞍山"舰和"抚顺"舰。中国海军第一次拥有了2 000吨级战舰，并开始了向苏联海军全面学习的时代。1955年6月28日，另外两艘07型驱逐舰也抵达青岛，分别被命名为"长春"舰和"太原"舰。至此，四艘驱逐舰入列完毕。这四艘买来的驱逐舰是当时中国海军最先进、吨位最大的军舰，号称人民海军"四大金刚"。在苏联教官的指导下，海军官兵按照苏联海军《战斗训练教范》开始了训练。为了多培养、快培养海军官兵，从驱逐舰大队的大队长、舰长，直到部门长、军士长、枪炮、帆缆、通讯、机务都是两套班子，实行对口培训。苏联教官既严格又认真，一举一动都要按照规范要求，不合格绝不放行。这一批舰员都是精挑细选的苗子，文化素质和个人素质都很高，很快就能独立操舰和值更。不久，苏联军士长以下的水兵就回国了，只留下部门长以上的专家。没过多久，舰上各主要部门的操控也由苏方操作中方见习变为中方操作苏

方保驾。就这样，中国真正有了自己的人民海军。

### 现代测绘与原子防护

在国防建设上，苏军顾问不只是一般意义上帮助训练解放军掌握现代军事技术，在一些对于中国军队完全不曾有过的部门和领域，苏联顾问也不仅是教员，而且是具体操作人员。

绘制军事地图对于中国军队来说是一门全新的课题。地图测绘是以一定的步骤和方法测定地物和地貌，并用规定的比例尺和符号绘制成图。地图是经济建设和国防工程建设包括军事活动必不可少的工具。旧中国的测绘事业非常落后，有一个例子很能说明问题。1945年，中国军队和日本军队在湖南的湘西雪峰山展开会战，中国军队使用自己绘制的地图在山里迷了路，结果与一队日军迎面相遇。经过激战，中国军队消灭了这股日军，在缴获物中发现了日军的军用地图。日军的地图制作非常细致，连村与村之间的小路都标得一清二楚。依据日军地图，这支中国军队走出了大山。陆上地图如此，海图的差距就更大了，在旧中国，符合军用标准的，只有日本、美国、英国、法国在中国海域绘制的海图。1950年，中央军委成立了测绘局，1953年设立海道测量部，但只有机构，没有专业测量人才。1953年7月，中央军委成立了测绘学院，但学员要4年才能毕业。没有标准的地图，发生战争怎么办？在这种情况下，只能请苏联帮忙。1954年9月25日，周恩来致电苏联部长会议主席布尔加宁，请苏方协助在中国东部完成测绘军用地图需要的6条一等三角锁（地理测绘术语，即在地面上布设一系列连续三角形，采取测角方式测定各三角形顶点水平位置的方法。它是几何大地测量学中建立国家大地网和工程测量控制网的基本方法之一，1617年由荷兰的斯涅耳首创）；请苏联专家到中国实地测绘，为中国绘制五万分之一的地形图50幅，并为中国培养测绘人才。从1953年到1957年，军委测绘局共聘请了苏联专家30多人，大地测量和绘图专家3人。为此，苏联派来一个大地测量队和航空测量队，中国军人加入测量队边学边干。中央军委特别邀请了苏联著名教授马扎耶夫来华讲授天文基点施测技术，布朗热教授来华讲授重力基点施测技术。

为提高中国军队的国防能力和技术水平，除了按计划派遣专家来华工作外，苏联还派专家来讲授特别的专业知识。1955年1月，时任国防部长的彭德怀向苏军代总军事顾问乌尔巴诺维奇提出，中国面临美国原子弹的威胁，中国的防空力量又薄弱，如何在战术、战略、城市建设、交通建设等方面对原子弹、氢弹、原子炮、导弹进行防御，希望苏方介绍一些新武器的性能和防范的方法，以使我军对未来的战争有所认识和准备。乌尔巴诺维奇立即向国内做了报

告。苏方答复，由中方提出正式要求，苏联国防部将专门为中国准备。防原子武器专题报告的材料于7月25日送到北京，报告团随后到达。报告的内容都是根据最新材料编写的，其中包括：尼吉金中将讲原子武器及其使用原理；多罗什杰维奇少将讲大企业、大城市及居民聚居区的原子防护及组织；杰斯潘洛夫中将讲方面军和集团军在现代战役中的对空防御原则；奥金索夫少将讲现代条件下国土防空基本原则；克鲁赤林上校讲战争初期所需武器、弹药、装备的军事技术物资动员及申请的拟制；包多夫上校讲战争发生情况下国民经济资源（人力、汽车、工程建筑材料、马匹、辎重等）的使用程式；科尔涅夫中校讲海军基地的原子弹防护。

这些都是苏军在历次战争尤其是卫国战争中积累的经验教训，极其珍贵，中国军队的大部分高级将领听了他们的报告，受益匪浅。

**第一汽车制造厂**

汽车、拖拉机、飞机、舰船等是工业的终端产品，围绕这些大项目有一大批附属配套项目，犹如一棵大树，围绕主干的有根有枝叶，通常包括机械、铸造、电子、化工等产业体系以及各类零部件和维修销售等上下游产业链，这样的项目建设在"156项目"中很有代表性。

长春第一汽车制造厂被称为中国汽车工业的摇篮。1950年，毛泽东在参观苏联斯大林汽车厂时就提出"我们也要有这样的汽车厂"，苏联方面也很豪爽，"我们将帮助你们建一座一模一样的汽车厂，苏联汽车厂有什么设备，你们的汽车厂就有什么样的设备。苏联汽车厂有什么样的水平，你们的汽车厂就有什么样的水平"。苏联方面是这样说的，也是这样做的。据一汽档案资料记载，从1950年下半年到1960年，援建一汽的苏联专家共有200多人，在他们手把手的帮助下，中国第一汽车制造厂才得以建成。

1950年12月2日，苏联汽车拖拉机工业部派遣援建一汽的专家组组长希格乔夫和工厂设计小组总设计师沃罗涅茨基、设计师涅谢夫到达北京，开始项目设计、选址等工作。苏联方面的建设目标是年产3万辆吉斯150型载重汽车。中央经过谨慎选择，1951年3月，周总理批示：吉斯（指一汽）厂选址于东北长春附近。

陈祖涛是原红四方面军总政委陈昌浩的儿子，1939年随父亲前往苏联，1950年毕业于苏联鲍曼工程学院，这是苏联最负盛名的理工科院校，相当于中国的清华大学。大学毕业回到中国后，陈祖涛被周恩来点将"到第一汽车厂去工作"，由此成为中国第一汽车厂的第一名员工。当时第一汽车厂还在苏联援建的项目谈判清单上，

陈祖涛就被派到莫斯科参与第一汽车厂的项目谈判。

2004年，笔者采访陈祖涛，老人家兴致勃勃地回忆起苏联援建"一汽"的过程：

"一汽"的设计由苏联汽车工业部委托全苏汽车工业设计院设计，整个汽车厂的设计分初步设计、技术设计和施工图设计三个阶段。1951年12月份，初步设计做完了，设计院通知我去，把厚厚的几十本设计书和图纸交给我。当时中苏双方关系很好，这么多的设计资料交给我，既无什么仪式，也不要繁杂的交接手续，就这么直接交给我，连收条都没有。此时我的身份又变成外交部的信使，我用外交邮袋装上设计资料，一个人搭乘飞机直飞北京，下了飞机后，专车接我直奔汽车局筹备处（今北京鼓楼扁担厂的一个小四合院内），把图纸交给郭力（原一汽厂长），他们立刻组织翻译组开始进行紧张的翻译审核工作。花了两个半月的时间，到1952年1月下旬，翻译完成。3月底，当时中央财经工作小组的组长陈云同志召集中央各相关部委的领导开会，对苏方的设计进行审核。汽车局筹备组的组长郭力向审查组的领导报告，大家基本上没有什么讨论就完全通过了。从当时的情况来看，苏联对我国的援助确实是大公无私，没有任何附带条件，完全是无偿帮助，我方对苏联也是完全的信任。就这样，中国第一汽车制造厂的初步设计就正式通过了。审查完了后，汽车局筹备组代表中国政府出了一个文件，大意是：中华人民共和国政府同意苏联政府对汽车厂的初步设计。然后，盖上鲜红的大印。全部手续就算完成了。

由于当时新中国刚刚成立，我们也没有技术人才来对苏联的设计进行技术审查，基本上是苏联提供什么样的设计，我们就同意什么样的设计，再加上苏联也确实是真心实意地援助我们建设。所以，为了节省时间，财经委同意重工业部的意见，下一步的技术设计就不再送北京审查，而由重工业部派代表到莫斯科，在中国驻苏大使馆的领导下办理审批手续。实际上就是孟少农、李刚和我三个人代表中国政府在那里处理。

就在筹备组翻译设计图纸的时候，总设计师沃罗涅斯基又专程来中国察看即将开工建设的厂址。胡亮、孟少农和我陪同他一起来到长春孟家屯，在选定的厂址仔细考察，有的地方做了必要的调整。当时建设汽车厂，老百姓积极支持配合，早就举家搬迁腾出地方。我们看到的只是一大片空旷的原野和搬迁一空的破旧民居。想到要在这片土地上建设中国现代化的汽车厂，我的眼前马上浮现出苏联的高尔基汽车厂、斯大林汽车厂那成片的厂房，各种各样的机械设备，一眼望不到边的汽车，

想到这些即将在我们中国人的手中变成现实,自己也将投身于这一项伟大的事业,心里真是说不出的高兴。

4月初,我带着中国政府回复意见的文件回到莫斯科,来到苏联汽车工业部,交给此项目的负责人古谢夫,由苏联方面在此基础上进行技术设计。1953年底,苏联方面在初步设计基础上的各项细化设计全部完成,再次通知中方审查。根据财经委上次的意见,为了节省时间,国内通知不用回国了,由沈鸿同志带领郭力、孟少农、李刚和我等几个人在莫斯科就地审核。这种做法在今天看来不可思议,但在当时就是正常的,双方互相信任。我记得当时沈鸿带领我们到苏联汽车工业部办公室向他们说:"审核完了,没意见。"

苏联方面立即在技术设计的基础上开始进行施工图设计。汽车厂的施工图设计是非常复杂的,它要按照技术设计的要求,把每一个车间、每一台设备的摆放都精确地定位,所有的工模夹具,包括厂房结构、供电、供水等都要定下来。一个年产几万辆卡车的汽车厂在世界上都是大型汽车厂,施工图设计的工作量太大,考虑到速度和质量,苏联政府决定由斯大林汽车厂担任施工图设计。斯大林汽车厂的总工艺师兼工艺处处长赤维特可夫担任一汽施工图设计组的组长,专门成立了"A3—

1"设计组（一汽的苏联代号为A3—1）和"援建中国'一汽'办公室"。每个车间的技术科长都作为设计组的成员参加进来。在这里我既作为"一汽"的代表又作为他的助理，也参加了施工图设计组。我在莫斯科读大学实习时就在这里，和他们的厂长克雷罗夫、总工程师史特罗格罗夫都很熟，所以，他们把我的办公室也设在斯大林汽车厂，这样我就有了全程参与施工图设计的机会。这种设计经验是极为可贵的，无论在哪个国家，全面建设汽车厂毕竟是少之又少，全世界也没有几家，而我作为一个刚参加工作没几天的青年，就赶上了这种全面的学习机会。这种机会极为难得，在世界上就是花钱也买不来的。这既得益于我们国家初建，急需技术人才，给了我在建设中学习的宝贵机会，又显现出当时苏联政府的无私援助，在技术上毫无保留，真心实意帮助我们搞建设，帮助我们培养人才，比起那些西方资本家在技术上的封锁、设卡真是天壤之别。我也充分利用这个宝贵的机会，在几十个车间里跑了几个遍，从前方的机床设备、人员定位到后方的供电、供水、压缩空气、燃油，甚至办公楼、工人宿舍、厂区环境等都参与进去，积累了大型汽车厂设计的全面经验。这些宝贵的经验对后来我在国内参加建设新汽车厂的设计起到了极为有益的作用。

……

苏联对"一汽"建设抓得很紧,在技术设计的时候,他们就开始考虑培训中方的专业技术人员的问题。斯大林汽车厂援建"一汽"负责人、厂长克雷罗夫及具体负责的副总工程师博依科都向我和李刚提出:"你们中国第一次建设这么大的厂,为了保证投产后的生产和管理,现在就要考虑派实习生来我们这里跟班实习,否则掌握不了生产设备、生产工艺和各项管理。"

在实习岗位的确定上,他们提出了一个从生产到管理的各个部门、各道生产程序所需的完整的人员清单,以后考虑到实际需要,实习人数逐步增加,最后我们在一起核对岗位、人数时,发现还有很多岗位被漏掉了,如一些单独设置的精密加工设备的操作岗位。厂长克雷罗夫及具体负责的副总工程师博依科告诉我们:"你再到全厂所有的部门核对一遍,看看有没有漏掉的。"

根据他们的要求,我拿着名单,在全厂一个一个车间、一个一个工位核对,后来又加上了厂长、职能处(科室)和关键岗位的调整工。从拟定实习人员清单可以看出,他们对援建工作是相当认真负责的,把我们的事当成自己的事情,仔细考虑,认真落实。

我们迅速把苏方的意见报告了"一汽"筹备组。"一汽"筹备组对此非常重视，经过认真的协商准备，共落实了从厂长郭力、所有职能部门的处长、车间主任、工段长直到普通的调整工共500多人这样一支庞大的实习生队伍。1952年下半年，第一批来到苏联的有叶选平、马宾和鞍钢的副总经理黄一然等20多人，他们在国内都肩负着重要领导职务，是我们国家将来经济建设的重要领导人才。1953年底，李子政同志带来了39人，不久郭力又带了十几个人来。在"一汽"全面投产之前的几年里，名单中的500多人陆续到苏联实习，最后一批由李岚清同志带队。郭力主要在斯大林汽车厂实习厂长职责。除了在斯大林汽车厂实习外，我、李刚和黄一然还陪他到了高尔基汽车厂和莫斯科汽车厂去参观，使他增加对汽车生产、管理的感性认识。

1954年初冬，饶斌（接替郭力担任"一汽"厂长）来到莫斯科实习。他到了以后，我既是他的翻译，又是他在苏联活动的向导。苏方对饶斌的实习很重视，斯大林汽车厂厂长克雷罗夫亲自圈定他要实习的部门，基本上是全厂每个处室和生产岗位都安排到了，他们的意图就是让饶斌把汽车生产的全过程都熟悉一遍。饶斌同志不是学机械的，干汽车对于他来说是外

行,但他是一个党性原则极强又勤奋好学的人,在莫斯科实习的日子,他每天按照厂里上班的时间,准时来到厂里。我陪着他,一个一个车间、一个一个生产工位仔细地看。他边看边问边记,一点没有看清楚就守在旁边不走,直到弄明白为止。我告诉他,不光要熟悉汽车生产的程序,最好还要看看汽车的设计部门,了解设计思路之后,就更容易了解生产步骤。于是通过和苏方联系,我又陪他拜访了全苏汽车设计院。短暂的实习为饶斌了解汽车生产和管理打下了坚实基础,日后他在中国汽车工业发展中所起的巨大作用表明,他对汽车工业的热爱和专注。

斯大林汽车厂方面对中国的实习生也很重视,除了安排到车间跟着工程师和老工人学习外,还根据专业安排了专家一对一地讲课。讲课的时间为:工人300小时,管理干部400小时,技术人员500小时。为了充分利用这段宝贵的实习时间,厂里还要求所有的实习生和他们的老师们共同生活和工作,把讲授的技术知识和生产操作结合起来,进一步提高动手能力。

当年,"一汽"动力处处长江泽民同志也到了斯大林汽车厂实习。带他实习的是斯大林汽车厂动力专家基列夫。这是一个很负责又有高度事业心的人,他对江泽民既和蔼又认真,手把手地教，和我们中国学生结下了深厚的友谊。后来基列夫作为援华专家又来到"一汽"，为"一汽"建设做出了重大贡献。

我的实习单位是全苏汽车工业设计院。他们当时正在设计我们"一汽"，我就在那里实习，同时我还担任斯大林汽车厂总工艺师兼工艺处处长赤维特可夫的助理。他对工作认真负责，教我也是不厌其烦，使我逐步深入地了解了汽车生产和施工图设计的全过程。在设计院工厂设计的基础上，我开始具体学习汽车厂的设计工作。这次实习对我来说太重要了，如果说总理和我谈话，决定了我将来在中国汽车工业战斗终生的话，这次实习就具体落实了我在汽车工业的主要工作方向——成套设计和建设汽车工厂。尤其重要的是，我的实习和"一汽"的全面设计结合起来了。我去的时候正是"一汽"的初步设计、技术设计、施工图设计一步一步开展的时候，所有这些过程我都有幸参加了，并熟悉了苏联关于汽车厂设计的全过程，这对我以后在国内几个汽车厂设计、建设和组织长春汽车工厂设计处起到了重要的指导性的作用，我的汽车工厂设计应该是从这时开始的。

"一汽"的全部生产资料都来自苏联，苏联提供的产品图

纸和技术资料共有5 409张，工艺装备图纸16 942张，非标设备设计图纸4 085张。苏联汽车厂的设备，基本上都是从美国、德国买来的，现在支援我们建设，不能再从美国买，而且美国也不会再卖给我们，所以，他们供应给我们的设备都是自己设计制造的。其中有很多设备都是第一次制造，难度很大，如3 000吨的大冲床，为了制造这台设备，苏联专门盖了一个36米跨度的大车间，一般汽车厂的大厂房都是24米跨度；特制了起重200吨的大吊车，这台设备的底座重达一百多吨，在运输上属于超长超宽，难度极大，在运到中国来的时候，从苏联到中国，所有的火车、汽车都为它让路。苏联那时在支援我们时，真是不惜代价，我们每一个人都真切地感受到了老大哥的真诚与无私。

原"一汽"党委办公室翻译刘人伟担任苏联援建"一汽"动力专家基列夫的翻译，他讲述了基列夫的故事：

动力系统是整个"一汽"建设的基础与保障，必须最先开工。基列夫是斯大林汽车厂的动力工程师，也是最早到达"一汽"的4名工程师之一。当年的基列夫40岁出头，中等身材，颧骨高耸，浓黑的眉毛下，一对眼睛炯炯有神。基列夫为长春"一汽"所做的第一大贡献是解决了1954年冬季供暖工程难题。这一年，由于连续40多天降雨，导致热电站工程延误，没法为全厂冬季施工供热。如果新建临时锅炉房，不光经济上不合算，时间上也来不及。如果不能保证冬季供热，会导致全厂施工停止，中央"三年建成一汽"的目标就无法实现。正在大家着急的时候，基列夫根据他在莫斯科汽车厂工作的经验，创造性地提出，用火车头的蒸气临时供热来保障施工的意见。他的建议得到专家组和"一汽"领导的同意，在沈阳铁路局的支援下，10辆蒸汽机车开进"一汽"施工工地，60名司炉工三班倒。根据基列夫的安排，10节火车头分布在4个厂房施工点，每个火车头之间间隔一两公里。按照要求，4个施工点的10节火车头要同时点火送气，才能保证输热管道里的温度和压力均衡。点火那天，基列夫带着翻译和助手，在10个火车头之间来回奔跑，测量压力、温度，观察沿途管道接口有没有漏气，并和火车头司炉工沟通均衡燃烧供热的措施。10个火车头之间跑一趟就是10多公里，一天几趟下来，虽然是冬天，每个人都汗流浃背。基列夫毫不在意，直到每个车头、每个管道接口全部检查完，确保安全无误，他才满意地笑了。

电缆铺设是"一汽"建设中另一项关键。1955年是"一汽"建设关键的一年，所有安装到位的设备都需要接电试车，通电、通蒸气、通煤气，"三通"成为工程建设的重要关口。

作为苏方的动力总专家,这个任务落在基列夫肩上。"一汽"所有输电电缆47 178米,遍布全厂每个角落,共有180多个分电接口,由于电流量大,电缆粗,所有的接口需要焊接。180多个焊接接口的质量关系到安全供电,如果焊接质量不合格,就会成为隐患;在电流量过大时,会发生接头爆裂、线头烧毁、供电箱烧毁,导致停电停产的重大事故。在当时的施工条件下,要保证焊接接口质量一次成功非常不容易。中方的焊接工绝大部分都是参加工作不久的人,没有工作经验,整个电缆铺设过程中的困难程度难以想象。基列夫在现场指导,很多时候亲手示范。他反复强调,做电缆接头好比在手术室里做手术,要小心谨慎,严格按照要求施工,切勿随意。9月6日,开始电缆铺设,基列夫亲自示范操作,完成第一个焊接接头,第二天进行10万伏高压试验。第一个焊接接头成功后,基列夫在电缆铺设工地来回巡视,每个接头都要亲自过目,第二天做10万伏高压试验时,他始终守在现场。就是这样还是发现一个接头质量不合格,他毫不客气,坚决要求返工。他对在场的工人说,电缆就是一个人身上的血管,血管一旦出现问题,人就会瘫痪。这是在给你们自己建设汽车厂,要是汽车厂瘫痪在你的手里,你怎么对得起全厂几万名职工?

在"一汽"的动力系统里，至今有两项值得全厂骄傲的记录：一是建厂时安装的两台空气压缩机，运行时间超过30年，没有发生一次故障；二是供电电缆自建厂铺设后正常运行30多年，没有出过一次故障，这两项工程都是在基列夫手里完成的。

"一汽"的每个车间，上至高高的自来水塔，下至低矮的电缆沟，基列夫都一米一米爬过；每一台空气压缩机，他都反复检查，要求操作者严格按照程序操作；他最不喜欢的就是工作中马马虎虎，漫不经心。我们现在还记得他的话：同志，你是在建设自己的汽车厂，一定要认真仔细，要是在你手里出了故障，你对得起全厂几万名职工吗？

"一汽"煤气站试投产那天，基列夫一大早就赶到了。在炉前，他反复检查各个仪表设备。他一边打手势，一边向司炉工讲解：一定要控制好进风门开关，这会影响到炉内的燃烧。将来生产时，阀门稍微控制不好，煤气鼓风机就会自动停车，只要停风一秒钟，正在用煤气加热或进行热处理的汽车零部件就有可能成为废品。汽车厂使用的煤气从煤气发生炉出来后，还需要静电除尘，经过干燥塔干燥后才能输送到各个车间。按照技术要求，输送到静电除尘器内的煤气含氧量不得超过

0.2%，超过标准就有可能发生爆炸。但是，设备启动第一天，煤气没有达到标准。基列夫一直在炉前沉思，从早上一直到下午，他没有离开一步，周围的人劝他先去吃饭，他摇头拒绝，一直到了晚上八点多钟，问题终于解决，煤气顺利进入静电除尘器。大家劝他赶快回去吃饭休息，但基列夫不走，他说，机器第一次启动，很难说会出现什么问题，你们没经验，我必须守在这里。大家没办法，只好抬来一张行军床让他休息。但基列夫哪里也不去，就是守在机器前，这样一守就是三天。看到机器运转正常，基列夫也实在困得不行，就在行军床上躺下了。哪知到了第三天的晚上，煤气干燥塔又发生故障，基列夫听说后，立刻起身就赶到干燥塔，他发现是干燥塔内积水没除尽，管道被冻住了。零下二十度的深夜，基列夫忍着刺骨的严寒，和工人们一起接通蒸气管除冰，待一切正常后，已是第二天早上了。

　　基列夫的聘任期是一年，但每次到期后，他的任期总是往下延，一共延长了四次，直到"一汽"顺利出车，他才回到苏联。回国后，基列夫仍然牵挂"一汽"，总是写信来叮嘱一些事情。直到"文革"时，他还寄来明信片，嘱咐要定期检查电缆接头，千万不要大意。在他心里，他就是中国"一汽"的工程师。

时任中共中央总书记江泽民曾经是"一汽"的动力处长，在基列夫手把手的教导下工作过。1989年，应江泽民的邀请，基列夫来到中国旧地重游。在中南海，江泽民握紧基列夫的手激动地说：基列夫同志，欢迎您再次来到中国。基列夫激动得老泪纵横：江泽民同志，没想到，我今天还能来到北京，还能与您见面。说完再次与江泽民紧紧拥抱，两人都流下滚滚热泪。在场的工作人员和基列夫的妻子都激动得流下了眼泪。

这就是中苏两国人民真实和宝贵的友谊。时光流逝，友谊长存。

（《苏联专家在一汽》，长春市政协编）

斯米尔诺夫是斯大林汽车厂的工具生产计划科科长，1954年，他已经57岁了。一天，他接到通知，到中国第一汽车制造厂帮助工作。听说要去遥远的东方帮中国兄弟造汽车，斯米尔诺夫兴奋得一夜未眠。斯米尔诺夫说："我太幸福了，能到伟大的中国来，为兄弟般的中国人民做点事，感到莫大的光荣与自豪。我要将我所知道的毫无保留地告诉给中国同志。"

工具处是为"一汽"上千台机床准备各种制式刀具的专门处室。几千台机床加工不同的零部件，需要各种尺寸不同、性能各

异的刀具，工具处要时刻备好各种刀具。斯米尔诺夫来到"一汽"后，首先到工具处，他一眼就发现这里凌乱不堪，不符合工具管理规范。经过一个多月的深入了解后，斯米尔诺夫发现工具处存在订货流动情况记载不明、现有刀具与中央库数量、品种不符等情况。此时正是"一汽"即将正式投产的生产准备期，工具处对生产车间的刀具消耗情况不清、刀具准备与前方生产车间计划脱节，要是正式投产了，前方生产车间需要而后方工具处准备不好，供应不上岂不是要误大事？为避免正式投产时生产混乱，斯米尔诺夫提出要制定生产工具准备计划和工具计划统计卡。由于工具处是新组建的处室，工作人员没有工作经验，不会制作生产工具准备计划和计划统计卡，斯米尔诺夫便自己动手，手把手地教工作人员怎样制定准备计划，怎样填写工具计划统计卡，直到所有的人学会为止。根据他的指导，工具处对所有库存重新清点，按照斯大林汽车厂的做法制定了完整的管理制度，避免了需要时到处找，不需要时到处扔的事情的发生。看到工具处的工作人员业务不熟，斯米尔诺夫立即向厂领导建议，组织他们进行业务学习，他自己担任老师。一连7个多月系统的业务课，使得各个科室的业务员逐渐掌握了准备工具的规律，熟悉了各种刀具和工具的品种、型号、机床消耗以及计划制定的各种要素，生产逐渐走上了正轨，再也没有打乱仗的情况。斯米尔诺夫对此还不满意，他要求大家深入生产车间，了解各车间对刀具和工具的要求以及改进意见，提前准备好，以备不时之需。

一年多是短暂的，转眼斯米尔诺夫到了回国的时间，此时"一汽"工具处已经是秩序井然。话别时，斯米尔诺夫用学会的中国话说：我很喜欢这里，我很想念中国兄弟。

## 西林与武汉长江大桥

武汉为武昌和汉口的合称，但这一合称在武汉长江大桥建成前，一直是有名无实。在武昌和汉口之间，滚滚长江将其一分为二。天晴之时，人们尚能用船只来回摆渡，一旦老天翻脸，长江巨浪翻滚，暴雨倾盆，数米高的巨浪拍击江岸，大小船只只能龟缩在港湾中，武昌、汉口两地即使有天人的事情也只能望江兴叹。进入20世纪，铁路的快速发展推动各地商贸发展、经济繁荣，但大江大河则成为铁路发展的拦路虎。

长江自西向东，将四川、湖南、江西、湖北、江苏、安徽连为一体。武汉是最为重要的水陆码头，位居中国腹地，北有京汉铁路，南有粤汉铁路，长江、汉水西接川陕，东连江浙，直通上海出海口，因此号称"九省通衢"，地理位置优越，被孙中山誉为"内联九省、外通海洋"的大商埠。至清末时期，武昌为湖北省会，汉

口为商埠，汉阳也发展了一定的工业基础，但三地之间被长江、汉水分割，仅靠摆渡联系。京广、粤汉铁路到此"断头"，无可奈何。在长江上架桥，连通南北成为多少人的梦想。

有梦想，就有行动。1906年，京汉铁路全线通车，粤汉铁路也在修建当中，建桥跨越长江、汉水连接京汉、粤汉铁路的构想即为各方所关注。

湖广总督张之洞是中国最早的洋务派代表人物，在督统湖广之时，便大办教育，兴建工厂。今日之武汉大学、汉阳钢铁厂皆由他兴办。在中国近代史上，张之洞与曾国藩、李鸿章、左宗棠齐名，并称"晚清中兴四大名臣"。为连通南北铁路，在武汉修建第一座长江大桥的设想最早由张之洞提出。1912年5月，北洋政府聘请中国著名铁路工程师詹天佑为粤汉铁路会办。詹天佑在进行粤汉铁路复勘定线的过程中，考虑到将来粤汉铁路与京汉铁路必须跨江接轨，为此在规划武昌火车站（通湘门车站）时也预留了与京汉铁路接轨出岔的位置。

1913年，在詹天佑的支持下，国立北京大学（今北京大学）工科德国籍教授乔治·米勒带领夏昌炽、李文骥等13名土木工程专业的学生，到武汉来对长江大桥桥址进行初步勘测和设计大桥的实习，时任北京大学校长的严复也将建桥建议书送达北洋政府交通部。米勒这一次的勘测设计成为武汉长江大桥的首次实际规划。他规划将汉阳龟山和武昌蛇山之间江面最狭隘处作为大桥桥址，经武昌汉阳门、宾阳门连接粤汉铁路，并设计出公路铁路两用桥的样式。他构思的桥梁结构仿照英国爱丁堡的福斯桥，桥面铺设铁路、公路、电车路、人行道。此次规划虽然未获实行，但其选址后来证明是十分适宜的，此后几次规划选址都与之基本相同。

1919年2月，中华民国临时大总统孙中山写就了《实业计划》，提出中国经济建设的宏伟蓝图，在其论述中即提到关于在武汉修建长江大桥或隧道的问题。为连通武汉三镇，孙中山提出"在京汉铁路线于长江边第一转弯处，应穿一隧道过江底，以联络两岸。更于汉水口以桥或隧道，联络武昌、汉口、汉阳三城为一市。至将来城市用地发展扩大，则更有数点可以建桥或穿隧道"。1923年，辛亥革命时的参谋长孙武依据孙中山的规划思想，编制了《汉口市政建筑计划书》。《计划书》明确提出，"以汉阳之大别山麓（龟山），武昌之黄鹄山麓（蛇山）为基，架设武汉大铁桥，可收平汉、粤汉、川汉三大铁路，连贯一气之完美"。

1921年，北洋政府交通部聘请美国桥梁专家约翰·华德尔为顾问，除筹建黄河大桥新桥外，并请其设计武汉长江大桥。华德尔在武汉考察后选择的桥址与1912年北京大学所拟选位置大致相同。华

德尔的方案曾引起政府关注，拟定桥址也做过实地钻探，但由于建设费用庞大，计划不了了之。

1927年1月，广州国民政府迁都武汉；同年4月合并武汉三镇，设武汉市。市长刘文岛再次邀请华德尔来华，研商长江建桥之事。但当时的国民政府正忙于军阀混战，哪里能顾及长江大桥的建设。

1935年，粤汉铁路即将全线建成通车，由茅以升担任处长的钱塘江大桥工程处又对武汉长江大桥桥址作测量钻探，并请苏联驻华莫利纳德森工程顾问团合作拟定建桥计划。计划为铁路公路联合桥，桥址位于武昌黄鹤楼到汉阳莲花湖北刘家码头之间。最终因国家内外交困，结果也不了了之。1937年3月，长江南岸粤汉铁路徐家棚站（今武昌北站）与北岸平汉铁路刘家庙站（今江岸站）之间开通铁路轮渡通航，火车乘渡轮过江实为无奈之举。

抗日战争胜利后，兴建武汉长江大桥的计划再度重提。1946年8月25日，湖北省政府举行会议，决定邀请粤汉区、平汉区铁路管理局及中国桥梁公司共同组织成立武汉大桥筹建委员会，湖北省政府主席万耀煌为主任委员，茅以升为总工程师；1946年9月初，中华民国行政院工程计划团团长侯家源偕同美国桥梁专家鲍曼考察武汉长江大桥桥址。由于内战爆发，国民政府无暇顾及长江大桥的建设，武汉长江大桥的计划再次搁置。

自1906年至1949年，从清政府到北洋政府再到国民党政府，前后数次计划修桥，但在那个风雨飘摇、国事糜烂的年代，在长江上建桥如同空中楼阁、天方夜谭，不可想象。难怪民间流传这样的歌谣：黄河水、长江桥，治不好，修不了。

还有一个问题不得不提，由于长江天险的阻隔作用，历史上就有南北朝隔江对峙；1949年初，国民党反动政权就曾经想依托长江天险，重演"划江而治"分裂中国的历史悲剧。在中国共产党人面前，蒋介石的梦想破灭。在新中国缔造者面前，空中楼阁也要建成，天方夜谭也要实现。

1949年，中华人民共和国成立后不久，桥梁专家茅以升等一些科学家、工程师联名向中央人民政府提议建设武汉长江大桥，并详述前四次规划经过和受挫的原因，论述当时中国建成大桥的可能性与具体的工程内容、经费预算等。中央政府对此极为重视。1949年9月21日至30日，中国人民政治协商会议第一届全体会议在北平召开，会议通过了建造武汉长江大桥的议案。

根据中央人民政府政务院的指示，铁道部立即着手筹划修建武汉长江大桥。1950年1月，铁道部成立铁道桥梁委员会。同年3月成立武汉长江大桥测量钻探队和设计组，由中国桥梁专家茅以升任专家组组长，开始进行初步的勘探调查。自1950年9月至1953年3月，

铁道部三次召开武汉长江大桥会议，就有关桥梁规模、桥式、材质、施工方法等进行讨论。大桥选址方案经中央财经委员会批准确定后，铁道部立即组织力量进行初步设计。

1953年3月完成初步设计，鉴于国家经济与技术水平，决定聘请苏联专家进行技术指导并委托苏联交通部对中国的设计方案做鉴定。7月至9月，时任铁道部长的滕代远派出代表团，携带武汉长江大桥全部设计图纸资料赴苏联首都莫斯科，请求苏方协助进行技术鉴定。苏联政府对大桥设计文件的鉴定十分重视，指定了25位优秀的桥梁专家组成鉴定委员会，由苏联交通部副部长、时任桥梁工程总局局长的古拉梁夫任主席。苏方对中国的设计方案详细对比，反复研究，共提出了53个问题。方案最终通过了鉴定，苏方同意采用"气压沉箱法"施工。

1954年1月21日，中华人民共和国政务院第203次会议听取了滕代远关于筹建武汉长江大桥的情况报告，并通过了《关于修建武汉长江大桥的决议》。《决议》采纳苏联的鉴定意见，批准武汉长江大桥的初步设计，正式任命彭敏为武汉大桥工程局局长，武汉市委书记王任重为政治委员，同时批准了1958年底铁路通车和1959年8月底公路通车的竣工期限。

应中国政府邀请，苏联政府于1954年7月派遣了以西林为首的专家工作组一行28人来华进行技术援助。

康斯坦丁·谢尔盖耶维奇·西林出生于苏联一个普通工人家庭，1938年毕业于莫斯科铁路交通工程学院。在卫国战争期间，他参加设计建造了横跨第聂伯河的赫尔松大桥和南布格河上的尼古拉耶夫大桥，保障了前线必需的物资运送，立下大功，西林也由此从苏联桥梁工程师中脱颖而出。1948年起，应中共中央和东北民主政权的邀请，苏联政府开始派遣专家来到中国帮助恢复经济，其中绝大部分是铁路专家，帮助铁路部门抢修铁路，重建受损的桥梁、车站和工厂。1948年，33岁的西林来到中国，活跃在东北的千里铁道线上，协助修复东北的铁路和松花江大桥。1949年，中国人民解放军第四野战军入关后，西林再度率领铁道维修专家组跟随解放大军挺进大西北，作为开路先锋，他们和中国铁道兵一起，架桥修路，并参与成渝、天兰、兰新铁路的桥梁建设，保证了大军顺利前进。

西林与铁道部长滕代远和大桥工程局新任局长彭敏都是当年在东北修复铁路时就结识的老朋友，这次老朋友们能在长江边相逢并合作，他非常高兴。

把图纸上的长江大桥变成横跨长江两岸的钢铁巨龙，要靠工程施工来实现。长江大桥有八个桥墩，每个桥墩需要深深扎进江水里的岩层，桥墩基础施工是所有施工中的关键。只有桥墩基础坚实可

靠,才谈得上大桥的安全运行。但要做到这一点谈何容易,长江水深三四十米,要在如此深的江底施工,近百年来的现代桥梁施工都是采用"气压沉箱施工法"。

"气压沉箱施工法"是在沉箱底部设置一个高气密性的钢筋混凝土结构的工作室,箱体在自重、上部荷载以及控制用水重力的作用下下沉到指定的深度,通过气压自动调节装置向工作室内注入与地下水压力相等的压缩空气,防止地下水渗入;作业人员在工作室内的无水环境下挖土、排土,最后在沉箱结构底部工作室内填充混凝土。沉箱作业条件差,对作业人员健康有害,且工效低、费用大,加上人体不能承受过大气压,沉箱入水的深度一般控制在35米以内,使基础埋深受到限制。

西林带领的苏联专家组,主要任务是帮助大桥工程局解决桥梁施工中的技术难题。夏日的武汉,骄阳似火。西林头戴草帽,浑身大汗淋漓,他和中苏工程技术人员一起在长江边反复查看图纸和江底的基础资料。经过反复讨论,西林认为长江大桥不宜采用"气压沉箱法"施工。气压沉箱施工适合在较浅的江河,长江水深流急,沉箱需要下沉30米-40米。在接近4个大气压的环境下,每名工人每天只能工作约半小时,实际作业时间仅有十几分钟,还只能在枯水季节的几个月内进行施工,工人呼吸困难,极易出现氮麻醉现象,患上"沉箱病"。这既不安全，进度又慢，必然大大延长施工时间、危害工人的健康，根本无法在规定的期限内完成建桥任务。而且需要购置大量特殊设备，加大工程投资。

西林找到彭敏，以俄罗斯人特有的爽快开门见山地说：在莫斯科开的鉴定会我是参加了的，设计文件我也研究过，我认为建造大桥基础不宜采用"气压沉箱法"施工。我有个新的想法，但是鉴定委员会里都是我的前辈，老头子们是技术权威，我不好说话。

彭敏听完，不禁倒吸一口冷气。西林继续说，这个新办法在苏联也没有用过，因为苏联没有长江。现在，希望得到你的支持。我们暂时先不说出去，只和你一个人谈谈。随后，西林用几天时间给彭敏详细讲述了他的"管柱钻孔法"的技术理论、施工方法及其优越性。

"管柱钻孔法"，就是将空心管柱打入河床岩面上，并在岩面上钻孔，在孔内灌注混凝土，使其牢牢插结在岩石内，然后再在上面修筑承台及桥墩。这是一项完全创新的技术，不但能在水面施工，不受深水期的限制，而且不影响工人身体健康。但这种方法当时仍然是一种新技术，不光苏联，世界上也未曾有过施工先例。

更改方案，此事非同小可，彭敏立即组织了由双方工程技术人员参加的会议。中方人员虽提出许多问题和疑点，但是抱有极大

的兴趣。与西林同来的几位苏联桥梁专家却提出相反的意见,理由是:施工方案已经由苏联国家鉴定委员会通过,没有必要大改动;其次,这种新方法谁也没干过,试验来不及。一位专家还讲了一个笑话:"一个人用右手摸自己的右耳朵,只要一抬手就摸到了;但是现在,你却要把手绕到脖子后面再去摸,还能摸到吗?"西林站起来严肃地说:"同志们,我们讨论的是桥梁基础的施工方法,不是摸耳朵!"

改变施工方法,对整个工程的设计、施工、技术乃至安全都将产生颠覆性的影响,甚至影响到大桥能否在保证质量的情况下按期建成。更何况,这是"156项目",是中苏两国政府都批准了的,其中就包括采用"气压沉箱施工法",现在要推倒重来,无论是苏联专家组、大桥工程局,还是铁道部都无法拍板定案。事关重大,彭敏直接向铁道部长滕代远汇报。滕代远认为,西林不是一个轻率的人,此事涉及他自己国家的声誉,他没有十分把握是不会提出来的。滕代远说,此事已经向总理报告过了,总理同意开展试验。在今天来看,做出这一决定得承担多大的风险啊!

试验过程也是困难重重,按新方案施工需要大型钻机、钻头、震动打桩机等大型施工机械,这些设备连苏联也没有。西林告诉大家,北京的苏联工业产品展览馆有一台大型钻机样机。大桥工程局的工作人员去到北京，在专家的帮助联系下，将展品拆卸后拍照、制图，再送到工厂仿造。

工程试验要严格按照工程环境要求，先做陆上试验，再做水上试验。那段时间，西林没日没夜地守在工地，他的心情比谁都紧张，压力比谁都大。"这是中苏两国重大的工程项目，投资巨大，成功了皆大欢喜，要是失败了，出现桥垮人亡的局面，那我西林就是历史的罪人……"西林甚至不敢往下想。但他是工程技术专家，这个施工方案不是靠拍脑袋凭空而来，而是建立在科学思维和周密计算的基础上，建立在十几年的施工经验上。他周围不乏怀疑的眼光和议论，但也有同行的热情支持，在世界桥梁施工史上，如此重担系于一身，实属罕见。他曾经一夜又一夜地站在江边，面对滔滔江水，反复思考计算，他相信自己的判断，决心将试验进行下去。在试验进入最困难的关键时刻，大桥工程局党委给铁道部党组的一份报告里写道：试验工作是成败的关键。铁道部部长滕代远批示："只有成，没有败；只许成，不许败！"看着一个个试验管桩露出水面，西林说了一句话："做这样的事，神经需要坚强些！"

经过半年的试验，事实证明西林的方案确实可行。1954年底，大桥工程局正式将新方案上报铁道部，请求改变已经由两国政府批准了的施工设计方案中有关桥梁基础设计的"气压沉箱法"。铁道

部部长滕代远多次到现场认真听取新方案汇报并召集有关单位的专家进行讨论，确定新方案明显优于旧方案后，同意报国务院批准修改。国务院总理周恩来批准了修改方案，并在报告上批示："依靠群众，一切通过试验。"

根据新的施工方案，大桥工程局组织勘探力量，重新开始地质勘探和评价。1954年2月，在1950年初步勘测的基础上，由地质部、水利部、铁道部联合组成的武汉长江大桥地质勘探队，开始进行武汉长江河槽及两岸的地质评估。1955年1月10日，完成了大桥南北起始点武昌黄鹤楼和汉阳龟山之间的地质评价。1955年1月15日，武汉长江大桥桥址选线技术会议在汉口召开，正式决定选择龟山、蛇山一线。

1955年5月下旬至6月初，按"管柱钻孔法"编制出了武汉长江大桥技术设计方案，铁道部集中茅以升、罗英、陶述曾、李国豪、张维、梁思成等全国著名的桥梁专家和桥梁建筑工程师，举行了武汉长江大桥技术设计审查会议，对大桥的技术设计、施工进度和总预算进行了周密的审查。同年7月18日，国务院批准了这些报告，标志着按照新方案建设的武汉长江大桥工程开始进入实施阶段。

经国务院批准，1955年9月1日，武汉长江大桥正式动工。

1955年底，用西林新施工方法筑成的一、二号桥墩已耸立在江心水面上，此时却再起波澜。西林修改原施工方法的消息传到了苏联，苏联政府对此大为紧张。苏方认为，武汉长江大桥工程是苏联援助建设的重点工程，自己派出的专家修改了原来的施工方案，要是新方案的实施导致桥梁工程失败，不光中国难以承受这个损失，苏联政府也无法承担失败的责任。更何况，这个新方案是世界上首创，在苏联没有先例。西林虽然有过建桥经验，但他没有独立承担过像武汉长江大桥这么大的桥梁工程。

为了调查事情的缘由，1955年底，苏联政府派出以运输工程部部长柯热仁尼哥夫为首的由桥梁专家葛洛葛洛夫、金果连柯、沙格洛夫等一大批工程界权威人士组成的代表团来华，名义上是参观长江大桥的施工现场，实际上是来审查新方案的。得知消息后，西林内心也很紧张，强作笑脸对老朋友彭敏说："我就准备接受审判吧。"

对苏联桥梁代表团的到来，周恩来指示：热情接待好他们。滕代远专程陪同苏联客人一行赴武汉。途中，滕代远让彭敏给西林带话："方案是中国政府批准采用的，你不要紧张。"

长达十多天的"参观"，实际上是审查西林提出的新方案。苏联代表团的专家们看文件、图纸资料，到现场看地形，看施工，听取西林的汇报，提出各种各样的问题。这段时间，大桥工程局局长

彭敏惴惴不安，找到滕代远说："假如结果是不同意这个方案，把西林撤回国去怎么办？"滕代远一直在工地看着各种试验进展，他相信西林的方案。他坚定地表态："还按西林的方案干！"关键时刻，中国同志的信任与支持，使西林感到莫大的安慰。

另一个安慰来自阿尔希波夫。阿尔希波夫是在中国认识西林的，他非常理解西林，他知道，西林把建设桥梁看成自己生命的一部分。得知西林要更换施工方法后，阿尔希波夫立即开始履行自己的职责，他为此召集了多次会议，除了桥梁专家参加外，机械、建筑专家也被邀请参加，阿尔希波夫要求他们为西林的方案提供最好、最新的施工机械。同时他向中国和苏联有关方面做了汇报，难能可贵的是，阿尔希波夫表示，他不是桥梁专家，但他相信西林，他愿意为西林的方案承担全部责任。

在苏联交通部专家审查西林方案时，阿尔希波夫也在不断地与西林沟通。西林介绍的方案他也能听懂，更重要的是，他是苏联驻中国专家组的组长，苏联援华工程的进展和成败得失都与他有直接的关系，但他又没有对此方案的决定权。一天晚上，他和西林漫步在正在施工的长江大桥工地，望着滚滚江水，他紧紧拉住西林的手说："西林同志，我相信你，也相信你的方案，让我们祝它成功。但是，如果大桥出了毛病，我们最轻的惩罚是监狱，最重的……"

他没有接着往下说。

性格内向的西林坚定地说:"你知道的,阿尔希波夫同志,我做事一般都有绝对把握。"

阿尔希波夫说:"我对柯热仁尼哥夫部长说,我和西林一样,对大桥负全责。如果真的出了问题,那我们就选长江水最深的地方,手拉手一起跳下去。"

经过严格甚至苛刻的审查,苏联专家代表团认可了西林的方案。1955年12月,铁道部副部长武竟天主持会议,对西林的方案做出了明确肯定的结论。会议记录经过中国铁道部和苏联运输工程部部长签字后批准。记录文件里有句话抄录如下:"在所建长江大桥桥墩深基础方面所使用的新方法是先进的。它保证了缩短工期和降低造价,并且比沉箱法基础工程的劳动条件简单,这种方法在修建桥梁和水上建筑物工程上也可广泛采用。"

一项世界桥梁工程史上崭新的创造,出现在中国长江大桥工程之中了!

方案正式通过后,西林特意找到彭敏说:"请您正式向滕部长转达,感谢他对我的信任。"

"大型管柱钻孔法"使大桥施工速度大为提高,1957年3月16日,大桥桥墩工程全部竣工。桥墩基础工程从全面开工到基本完

成仅用了一年零一个多月的时间。1957年5月4日，大桥钢梁顺利合龙。

武汉长江大桥全部工程除了大桥本身以外，还包括大量配套工程，包括汉水铁路桥、大桥联络线、由丹水池站经江岸西站至汉水铁路桥头的汉口迂回线（今京广铁路正线）、江岸站至江岸西站的联络线、江岸西编组站、汉西站、汉阳站等设施。粤汉铁路由武昌南站起，沿蛇山至黄鹤楼处，横跨长江，过江后沿龟山过汉水，与京汉铁路接轨。在武汉长江大桥设计规划的同时，1953年11月27日，作为武汉长江大桥配套工程之一的汉水铁路桥率先动工兴建，1954年11月12日建成，1955年1月1日正式通车。汉水公路桥于1954年10月30日开工兴建，1955年12月建成通车，并被命名为"江汉桥"。

1956年6月，毛泽东从长沙到武汉，第一次游泳横渡长江，当时武汉长江大桥已初见轮廓。毛泽东即兴写下《水调歌头·游泳》，其中广为传诵的"一桥飞架南北，天堑变通途"，描写了武汉长江大桥的气势和重要作用。1957年9月6日，毛泽东第三次来到武汉长江大桥工地视察，兴致勃勃地从汉阳桥头步行到武昌桥头。

1957年9月25日，武汉长江大桥全部完工。10月1日，中国发行了一套两枚纪念邮票《武汉长江大桥》。1957年10月15日，五万名武汉市民参加了武汉长江大桥通车典礼。

武汉长江大桥原计划4年零1个月完工,实际仅用了2年零1个月。

武汉长江大桥西北始于汉阳龟山南坡,东南止于武昌蛇山入江的山头,全桥共8墩9孔,每孔跨度为128米,总长1 670米。大桥为公路、铁路两用桥,上层为公路,双向四车道,两侧有人行道;下层为双线铁路,两列火车可同时对开。

武汉长江大桥在设计中以极端环境为标准,假设两列双机牵引火车,以最快速度同向行驶到桥中央,同步紧急刹车;同一时刻,公路桥满载汽车,以最快速度行驶,也来个紧急刹车;还是这个时刻,长江刮起最大风暴、武汉发生地震、江中300吨水平冲力撞击桥墩上,武汉长江大桥仍具有足够的承受能力。

大桥工程局局长彭敏动情地回忆:苏联专家的帮助,具体落实在长江大桥工程的各个方面。苏联专家精湛的技术,高度的政治修养,谦逊的态度和良好的工作方法都是我们学习的榜样。

通车典礼上,铁道部部长滕代远代表中国铁道部向以西林为首的专家组授予感谢状时说:"苏联政府派来我国的专家们,在工作中做出了卓越的贡献。在他们的指导和帮助下,我们采用了'大型管柱钻孔法',在深水桥梁基础工程中获得了优异的成绩,他们帮

助我们培养了一批技术干部和技术工人,使我们在修建大桥的工程技术上有了相应的提高。"

1958年7月22日,毛泽东同苏联驻华大使尤金谈话时说:"我和建设长江大桥的很多领导同志谈过话,他们一致反映:西林是一个好同志,一切工作他都亲自参加,工作方法很好,凡事都和中国同志一起做。大桥修好了,中国同志学会了许多东西。"

武汉长江大桥凝聚着设计者匠心独运的智慧,展现了建设者精湛的技艺。毛泽东的"一桥飞架南北,天堑变通途",一个"飞"字生动地描绘出大桥的雄伟气势。武汉长江大桥不仅是万里长江上一道亮丽的风景,也成为武汉市的标志性建筑,更是一座中苏两国工程技术人员创造的历史丰碑,承载着中国桥梁建筑的辉煌!

1957年10月15日建成通车至今,武汉长江大桥已经60多岁了。60多年来,虽历经7次大洪水、77次轮船撞击,但至今仍十分健康。目前武汉长江大桥平均不到5分钟通过1列火车;平均每分钟通过70辆汽车。据武汉铁路局武汉桥工段发布的"体检报告"显示,目前全桥无变位下沉,桥墩可承受6万吨压力、可抵御10万立方米/秒流量和5米/秒流速的大洪水、可抗8级以下地震和强力冲撞,24 805吨钢梁和8个桥墩无裂纹、无弯曲变形,百万颗铆钉未发现松动,大桥无重大"病害"。

1993年5月28日，曾担任武汉长江大桥苏联专家组组长的西林再次受邀登上大桥。参观后，他对随行人员说："武汉长江大桥设计一流、施工一流，养护也是一流的。大桥的使用寿命至少要延长100年。"武汉桥工段车间主任黄伟对大桥的健康状况更是充满信心："武汉长江大桥建桥时的设计寿命是100年。如今，虽然已经过去60多年，但它仍处于'壮年'。我们打算通过科学养护，让它的使用寿命延长到150年。"

2017年是康士坦丁·谢尔盖耶维奇·西林同志100周年诞辰。2017年5月31日，位于莫斯科的俄罗斯交通建设科学研究院花团锦簇、姹紫嫣红，在西林曾经工作过的交通建设科学研究院会议大厅里，人们为他举行了隆重的纪念活动。中国驻俄罗斯大使李辉出席活动并致辞说：西林是中国人民的老朋友，为建设武汉长江大桥做出了巨大贡献。武汉长江大桥是两国人民伟大友谊的纪念碑。

莫斯科卡涅特尼科夫墓园里，西林的墓碑背面，镌刻着武汉长江大桥的雄伟图案。这座大桥已经架在中俄两国人民的心中。

## 武汉钢铁公司

"一个粮食，一个钢铁，有了这两个，我们就什么都不会怕了。"这是毛泽东对治理国家很深的感触。钢铁是国民经济的基

础，在如何改变我国钢铁生产落后的局面上，出现了两种意见。一种意见认为，我们的财力和技术能力有限，目前应集中精力全力恢复鞍钢建设；另一种意见，是以中央财经委主任陈云及中央重工业部部长何长工等为代表的"发展钢铁工业，必须着眼全局，要从战略思维出发，不仅仅要根据工业经济发展需要，更要从周边资源、国家实力、国防安全和经济整体布局出发"。经过多次激烈的讨论，中央最终确定在恢复鞍钢建设的同时，要在华中区域、长江流域新建一座工业基地，基地暂定在武汉附近的大冶铁矿地区。中央将意见以最快的速度呈报给了毛泽东。

1952年初，苏联黑色冶金工厂设计总院院长赫列布尼可夫应周恩来邀请，率专家组来到大冶，重点考察建厂条件以及铁山铁矿基地。中央财经委党组结合专家组意见，正式向中央递交了《关于全国钢铁工业的发展方针、速度与地区分布问题的报告》，并提出在国家经济建设的第一个五年计划时期，应该在华中地区进行建设钢铁工业中心的工作，"把武汉变成一个新的工业中心地带"。周恩来批示"同意"。

陈云立即召见中南工业部部长刘杰，责成其迅速成立筹备机构，集结力量，尽快开展厂址选择、资源勘探工作。中央重工业部在黄石市正式成立大冶钢铁厂（建设工程代号为三一五）"三一五厂筹备处"，中南工业部部长刘杰兼任筹备处主任。中央财经委主任陈云、副主任李富春批示："选择的厂址，最好要靠近长江，能建码头，离大冶和武汉都不要太远，交通便利，土质较好，利于施工，面积要在500公顷以上。"1952年12月，三一五厂筹备处并入由中南钢铁局改称的华中钢铁公司，隶属于中央重工业部领导。

在苏联专家的指导下，1952年春开始选择厂址，经过历时两年共五次大规模的野外踏勘和十多次的研究论证后，因为意见分歧仍未下结论。1954年初春，苏联专家再次来到武汉，在查看了武汉徐家棚一带后，提出《厂址选择意见书》，建议厂址选在武汉市青山区徐家棚一带。5月12日，国家计划委员会、国家建设委员会批准了这个建议。根据苏联专家的建议，华中钢铁公司正式更名为武汉钢铁公司，并分别成立武汉钢铁公司、武汉钢铁建设公司、武汉地质勘查公司、武汉黑色冶金设计院，组织上统一由"武钢总党委"领导，李一清任总党委书记兼任武钢总经理。

1955年1月，苏联黑色冶金设计院承担武钢初步设计。同年6月，国家正式批准了武钢第一期工程的初步设计：武钢厂区坐落于武汉市东郊、长江南岸的青山区，占地21.17平方公里，一期工程规模年产钢120万－150万吨，预留300万吨规模可能性。这个设计方案经毛泽东审阅同意，周恩来批示"特急批发"。

　　武钢的建设工程是在苏联专家全力指导下开展的。在武钢建设施工的过程中，近百名苏联专家分布在武钢建设的各个部门，他们和中国建设者一起在工地挥汗如雨，对工程的每个环节严格把关，对进度提出具体要求，对人员、材料、施工细节等等都亲自督促。对于建设中出现的问题，苏联专家提出大量的建议。苏联著名冶金工程设计专家斯比尔多诺夫在一篇书面建议中提到："要加强设计院的设计力度，可以从其他单位或者地方调一些设计人员过来，我也可以再去苏联要求派遣两名专家，我们一定要按时交出厂房施工、员工住宅、附属企业、交通枢纽等各种图纸；在施工过程中，我们要先将地下管道施工做完，一定不能先搞厂房，再搞地下管道工程。"

　　经过三年的紧张施工，武钢一号高炉基本建成。1958年9月13日，武钢第一炉铁水出炉，毛泽东亲临现场。这一天后来被定为武钢生日。

　　　　武汉钢铁公司一号高炉十三日下午三点二十五分炼出第一炉铁水。原订十月一日出铁的跃进计划，又提前十八天实现。十三日下午三点二十五分，以著名先进生产者包秀良为首的炉前工用最新式的电动开口机和氧气火焰通开出铁口后，第一炉冒着火光的铁水便从炉内冲了出来。十四个月零十二天的辛勤建设开花结果了！全场三千多人顿时响起一阵暴风雨般的掌声和欢呼。接着，铁水被机器铸成铁块，由吊车的电磁盘吸住送入仓库。炉前工包秀良在远处按动电钮，最新式的电动泥炮马上用耐火泥将出铁口堵上。

武钢一号高炉是苏联帮助我国设计的世界第一流的高炉。它一天可出生铁两千吨以上，等烧结车间投入生产后，还可以达到二千五百吨以上。曾被英国几种冶金杂志称为"西欧最大的高炉"的英国威尔思公司四号高炉，日产量仅为一千五百多吨。美国最大高炉的平均日产量，最高也不多于两千吨。当武钢一号高炉的生产调整正常后，它的生产能力就超过英美，站在世界高炉的前列。

这座高炉从十二日上午八点五分开始装料，十三日早晨三点二十分，武钢总党委书记兼总经理李一清将控制热风网的电钮一按，摄氏七百五十度的热风便自动吹进炉内，将炉缸里堆放的木料点燃，插入出铁口的细管喷出了一丈高的烈火，这座高炉便投入生产了。

……

在建设武钢一号高炉的过程中，曾经得到近百名苏联专家的帮助，他们对保证武钢一号高炉提前出铁做出了很大贡献。建设武钢这样巨大的世界第一流的高炉，我国还是第一次，遇

到的困难特别多。前任专家组长萨维斯基,亲自参与编制一号高炉最低限度的工艺系统,细致检查这座高炉生产必需的工程项目和设备清单,防止因为漏项而造成困难。现任的专家组长巴杜洛夫刚到武钢,就紧紧抓住提前出铁的关键——设备供应问题,组织力量到各地催货,他自己也几度往返在武汉、北京、莫斯科之间,使高炉生产必需的设备都提前到达工地。浇灌高炉基础混凝土时,正遇上武汉最热的七月,混凝土工程专家康斯坦诺夫为了保证在三十个小时内浇完全部混凝土,推迟了自己的休假期,亲自参加浇灌工作。他不畏炎热下到基坑里检查混凝土质量,深夜里还到工地解决技术问题,使高炉基础在二十七小时内就浇灌完毕,质量达到优等。高炉安装炉体时,由苏联专家奥坤带来的苏联的整体安装法,大大地加快了工程安装的速度。他还亲自帮助工地培训了四十名高级电焊工,保证了工程焊接质量达到优等。耐火材料专家费列日可夫最近才到工地,他一到工地就钻进管道中去,同工人一起砌砖,使工人们非常感动。在派出专家帮助我国建设的同时,苏联许多机电制造工厂还为武钢一号高炉制造了大批特种设备。为了保证一号高炉提前出铁,这些设备都是提前四个月到半年赶制出来的。

(新华社武汉1958年9月13日电)

高炉顺利出铁后,毛泽东亲切会见了在现场的苏联专家,他握着苏联专家的手,情真意切地说:"谢谢,谢谢你们!"

# 第七章
/ 裂痕—分裂

### 裂痕—分裂

当苏联专家和中国工程技术人员正在为"156项目"努力奋战时，中苏之间的裂痕出现了。随着赫鲁晓夫在国内的政治地位日渐稳固，他已经没有前两年那种如履薄冰的感觉了。作为世界上仅次于美国的世界大国领袖，他到处指手画脚，此时他看重的是美苏之间共同处理世界上的重大问题，如核不扩散、美苏在世界各地划定势力范围等。在这些问题上，不需要中国的支持，以中国的实力，中国也插不上嘴。在这种思维支配下，中苏之间的矛盾逐渐显现出来。

1958年初，苏联方面提出，为与在太平洋活动的潜艇保持联系，需要建立一座大功率长波电台，最理想的地方是海南岛，希望中国同意。长波电台建设由苏方出资，建成后双方共同使用。以后又提出中苏之间建立联合舰队。赫鲁晓夫对中国领导人缺乏深入的了解，他认为，苏联给予中国那么多援助，这个要求中国领导人肯定会答应。他让驻华大使尤金转达了他的意见。他没想到的是，意

见遭到毛泽东的坚决反对，赫鲁晓夫一时下不了台。

李越然，中共中央领导首席翻译，为毛泽东和中央其他领导人的外事活动及各种重要会谈、国际会议做译员，并长期参加党中央、国务院重要文献的俄文翻译、审订工作。赫鲁晓夫访华与毛泽东谈长波电台和联合舰队问题，他是现场翻译。对此他著有长篇回忆：

1958年7月29日，阎明复（中共中央办公厅翻译组长）从居仁堂那边给我打来一个电话："李兄，有要紧事情，你赶紧过来。"

我赶到居仁堂，阎明复先向我简单介绍了一下情况。苏联方面通过驻华大使尤金请见毛主席，表达了苏联领导的意见，希望在中国有一个潜艇基地，建个长波电台以便与他们的舰队保持联络。并提出和我们搞个联合舰队。尤金第一次来谈，毛泽东便严肃地问他："你们是什么意思？为什么要这么个搞法？"

尤金解释不清。毛泽东有些恼火，严肃地说："你说不清，请赫鲁晓夫来讲！"

尤金回去后便向莫斯科紧急致电报告，返回来再次请见毛泽东，还是说要搞一个联合舰队，以对付美国。

"不行，这事必须弄清楚。请你转告赫鲁晓夫同志，请他自己来讲！"

就这样，尤金给赫鲁晓夫拍了电报，赫鲁晓夫决定马上来华。

阎明复告诉我说："尤金两次来，都没有讲清楚，这让主席很恼火。赫鲁晓夫马上就要到，杨主任让你参加翻译工作，所以找你来。"

我们一道来到中共中央办公厅主任杨尚昆办公室。杨主任把毛主席和尤金的谈话过程又介绍了一遍。

隔一天，7月31日，赫鲁晓夫便来了。我随毛泽东乘车到南苑机场。记得参加迎接的还有刘少奇、周恩来和邓小平。在候机室等候时，气氛比较严肃，不像过去那么轻松愉快。大家很少说话。

赫鲁晓夫乘坐的"图104"客机缓缓落下，我方党政领导人迎出来。没有红地毯，没有仪仗队，也没有拥抱，毛泽东只是同赫鲁晓夫握手致意，互相寒暄着走进会客室。会谈只有邓小平和杨尚昆陪同参加。刘少奇和周恩来迎接完赫鲁晓夫便回去了，没有参加会谈。

毛泽东请赫鲁晓夫坐下，自己也坐下来，说："尤金向

我讲了，你们有那么个意思，但说不清楚你们究竟是出于什么考虑，所以我想听听你的想法。你自己来了，这很好，我们欢迎。我们一起谈谈。"

赫鲁晓夫首先埋怨尤金，说他可能没有听明白苏联领导的意思，然后说明自己的想法。他们大致谈的是，根据一项协定，苏联的飞机可以在中国的机场停留加油。现在苏联的远程潜艇开始服役了，而且，苏联的舰队现正在太平洋活动，而他们的主要基地在符拉迪沃斯托克（海参崴）。此前中国已经提出要求，请苏联把潜艇的设计图纸交给中国，并教会中国建造潜艇的技术。现在台湾海峡局势紧张，美国第七舰队活动猖狂。苏联舰队进入太平洋活动是为了对付美国的第七舰队。远程潜艇服役后，需要在中国建一个长波电台，等等。

赫鲁晓夫打着手势讲了十几分钟，加上我们翻译，就讲了有半个多钟头。毛泽东神色肃穆，不停地吸烟，望着赫鲁晓夫默默地听。赫鲁晓夫显然对毛泽东的想法不了解，对毛泽东将会出现的反应估计不准。因此，讲到后来，显出有些得意的神情。

突然，毛泽东抬手做个断然的打住的手势，只是说："你讲了很长时间，还没说到正题。"

赫鲁晓夫一怔，随即显出尴尬："是呀是呀，你别忙，我还要继续讲，继续讲下去……"他强作笑脸，有些不自然，"尤金告诉我了，您很恼火。尤金不行，他没讲清楚。我们只是有个想法，想跟你们商量……"

毛泽东不耐烦赫鲁晓夫的遮遮掩掩、绕山绕水，便语锋犀利地直击要害："请你告诉我，什么叫联合舰队！"

"嗯，嗯，"赫鲁晓夫支支吾吾，憋出一句显然是不着边际的解释，"所谓联合么，就是一起商量商量的意思……"

"请你说明白什么叫联合舰队。"毛泽东抓住要害不放。

"毛泽东同志，我们出钱给你们建立这个电台。这个电台属于谁对我们无关紧要，我们不过是用它同我们的潜水艇保持无线电联络，甚至，愿意把它送给你们，但是，希望它能尽快地建起来。我们的舰队现正在太平洋活动，我们的主要基地……"

毛泽东越听越恼火，拍了一下桌子，愤然立起身，指着赫鲁晓夫的鼻子："你讲的这一大堆毫不切题。我问你，什么叫联合舰队！"

我见及此，在翻译上力求准确表达主席的情感，使赫鲁晓夫充分意识到问题的严肃性。

赫鲁晓夫脸都涨红了。看得出,他心里很不是滋味,可又不能自圆其说。他始终处于答辩地位,仍搪塞道:"我们只不过来跟你们共同商量商量……"

"什么叫共同商量,我们还有没有主权?你们是不是想把我们的沿海地区都拿去?"毛泽东愤怒之中带有不乏自信的嘲讽,"你们都拿去算了!"

陪同赫鲁晓夫参加会谈的苏联外交部副部长费德林是位著名的汉学家,精通中文。他用俄语从旁提醒赫鲁晓夫说:"毛泽东可真动火了!"

赫鲁晓夫自然明白毛泽东已经动火了,但他还能沉住气,耸耸肩,一双细小而敏锐的眼睛眨两下,锋芒稍纵即逝,摊开两手带着鼻音嘟囔着:"我们没有这个意思,不要误解。我们在家里已经商量过了,现在是和我们的中国同志商量,就是要共同加强防御力量……"

"你这个意思不对。"毛泽东重新坐下,他至今还没有附和过赫鲁晓夫一句。在1957年的莫斯科会议上,毛泽东还注意选择一些有共同点的问题谈谈。这次不然,他抓住要害不放:"你明明在搞联合舰队!"

赫鲁晓夫皱起眉头:"我们只不过来跟你们一块商量商

量,没想到引起你们这么大误解。"说着,赫鲁晓夫愠怒地连连摇头,"这就不好商量,不好办了。"

赫鲁晓夫曾多次埋怨尤金不会办事,现在这样收场他大约也感到不好下台,想了想,又建议:"毛泽东同志,我们能不能达成某种协议,让我们的潜水艇在你们的国家有个基地,以便加油、修理、短期停留,等等。"

"不行!"毛泽东断然拒绝,把手从里向外拂开,"我不想再听到这种事!"

"毛泽东同志,北大西洋公约组织国家在互相合作和供应方面没有什么麻烦,可是,我们这里竟连这样的一件事情都达不成协议!"赫鲁晓夫微露愤懑。他在不高兴或愤怒时,眼睛便眯成一条线,目光像被聚光之后那么凝成犀利的一束。

毛泽东反而坦然,甚至轻悠悠地吸起了香烟。大概他的目的达到了:弄清苏联人的真实想法,并且,抓住时机把态度明确告诉他们,叫他们永远忘不了。他断然地说:"不行!"

赫鲁晓夫已经不再眯眼了,表情恢复了平和。毕竟是位大国领导人,他的意志也足够坚强,忽然一笑:"为了合情合理,假如你愿意的话,毛泽东同志,你们的潜艇也可以使用我们的摩尔曼斯克做基地。"

"不要！"毛泽东吮吮下唇，淡淡一笑，换了一种慢条斯理的声音说，"我们不想去你们的摩尔曼斯克，不想在那里搞什么名堂，也不希望你们来我们这儿搞什么名堂。"

赫鲁晓夫无声地望着毛泽东，望的时间不短，那种表情是说：我无法理解你，也无法跟你谈话。

毛泽东却像给赫鲁晓夫上课一样继续说道："英国人，日本人，还有别的许多外国人已经在我们国土上待了很久，被我们赶走了。赫鲁晓夫同志，最后说一遍，我们不想让任何人利用我们的国土来达到他们自己的目的！"

话说到这里，赫鲁晓夫不再抱任何希望，眯细的眼睛开了，缓解一下气氛说："不同意就不同意吧，我们不提这个建议了。"似乎就此结束他也不好下台，便又将眉毛笙了笙，用不无遗憾的口气说："为什么要这样误解我们呢？毛泽东同志，你是知道的，我们苏联对你们中国做出了许多援助。1954年，我到这里来，我们把旅大港归还中国，放弃了在新疆成立的联合股份公司中的股份，这比你和斯大林所签协议规定的日期提前了25年，而且，我们还增加了对你们的经济援助……"

"这是另一个问题，"毛泽东用柔和的声音将援助和主权问题区分开，礼貌而不失坚定地重复一句，"是另一个问题。"

我记忆中，赫鲁晓夫这次来，是住在钓鱼台国宾馆。没有为他安排什么文艺活动及参观活动，与1954年相比，气氛要冷淡不少。我想，赫鲁晓夫内心是会不高兴的。第二天，毛泽东在游泳池等候赫鲁晓夫，准备第二次会谈。我先到了，见毛泽东已经换了游泳裤，穿了一件浴衣正在做准备活动。这是室外游泳池，池边摆了藤椅。藤桌上有茶水和香烟，藤椅摆放的格式是准备会谈的样子。

刘少奇、周恩来、邓小平等中央首长来了，他们显然也来参加会议，阵容比昨天大。毛泽东、刘少奇、邓小平都很能吸烟。周恩来除偶尔拿支烟摆摆样子，基本不抽。毛泽东是很随便的，穿一件浴衣，光脚踩着拖鞋，另外三位首长都穿着整齐，立在池水边，抽烟聊天。不久，赫鲁晓夫到了。双方握手寒暄几句。随后，便在藤椅上坐下来，开始第二次会谈。

关于建立长波电台和搞联合舰队的问题已经在昨天被毛泽东否定，今天不便再提，转而谈国际形势。对于国际形势的看法，双方分歧不是很大，可以谈出许多共同点，因而气氛比昨天融洽些。不过，还是有争议。

关于苏共二十大批判斯大林的事，赫鲁晓夫对中共就此事

所作的反应不满,说:"你们为什么往我们后院抛石头?"

毛泽东微笑着,平心静气又十分坚定地说:"我们不是抛石头,是抛金子。"

赫鲁晓夫表现出同样的坚定,断然道:"别人的金子我们不要!"

毛泽东仍面带微笑,平心静气地说:"不是你要不要别人的金子的问题,是我们要助你们一臂之力!"

赫鲁晓夫不吸烟,毛泽东、刘少奇、邓小平不停地吸烟。主要就是毛泽东与赫鲁晓夫谈,别人基本不插话。赫鲁晓夫谈中国国内形势之后,将话锋一转,转到国际关系上,说:"对亚洲,对东南亚,应该说你们比我们清楚。我们对欧洲比较清楚。如果分工,我们只能多考虑考虑欧洲的事情,你们可以多考虑考虑亚洲的事情。"

毛泽东几乎没有一件事随声附和赫鲁晓夫,他做个手势说:"这样分工不行,各国有各国的实际情况。有些事你们比我们熟悉一些,但各国的事情主要还是靠本国人民去解决,每个国家都有各自的实际情况,别的国家不好去干涉。"毛泽东讲完这段话,仍是坚持尊重别国主权,提醒赫鲁晓夫不要搞什么划分势力范围的事。

"中国人是最难同化的。"毛泽东望一眼赫鲁晓夫，语意深刻地说，"过去有多少个国家想打进中国，到我们中国来。结果呢？那么多打进中国来的人，最后还是站不住。"

赫鲁晓夫听这段话时面无表情，他怎么想就不得而知了。

赫鲁晓夫7月31日到北京访问，8月3日回莫斯科。走的那天发表了会谈公报，是公开离开北京的。毛泽东虽然到机场为赫鲁晓夫送行，但没有同车。送行时，没有搞什么仪式，毛泽东也没有同赫鲁晓夫拥抱。这次会谈，对以后的中苏关系的发展有较大影响。

（李越然回忆录《中苏外交亲历记》，世界知识出版社2001年版）

1958年，中苏领导人之间开始出现一系列争吵，尤其是赫鲁晓夫对中国正在轰轰烈烈开展的"大跃进"和"人民公社"运动的批评激怒了毛泽东，庐山会议出现的党内争议也被怀疑与之有关，两党关系趋向恶化。

就在赫鲁晓夫从北京回去后不久，1958年8月23日，中国人民解放军对驻守金门的国民党军发动了炮击。金门防卫部副司令官吉星文、赵家骧、章杰等中弹阵亡。台湾当局宣布台澎金马地区进入紧急战备状态。

中国军队炮击金门，这不啻是向赫鲁晓夫头上泼了一盆冷水。

此时苏联正在努力与美国改善关系，盟友却背着自己突然诉诸武力。如果说赫鲁晓夫对于毛泽东在长波电台和联合舰队问题上大发雷霆尚能容忍的话，那么在双方没有进行任何通气的情况下，中国领导人突然采取如此重大的军事行动，就不仅是无视中苏军事同盟的存在，而且是对以苏联为首的社会主义阵营的极大藐视。半个月前，自己还在北京与毛泽东谈长波电台和联合舰队问题，毛泽东并未向自己透露中方有如此重大的军事行动。现在自己一走就采取军事行动，只会给美国人和世界传递一个信息：中国人的行动是与苏联商量过的，甚至是合谋。苏联与中国有互助同盟协定，如果中国与台湾当局发生冲突，进而与美国发生军事冲突，按照协议，苏联就要被卷入。不和盟友沟通与联系就采取军事行动，这不是要让苏联直接与美国军事对抗吗？赫鲁晓夫对此极度不满。

从赫鲁晓夫推行的以缓和为目标的外交战略来看，同美国和西方保持稳定和良好的关系，优先于发展同中国的关系。因此，如果二者必择其一，那么在核武器问题上，苏联宁愿停止对中国发展核武器的援助，也不愿破坏同美国的关系，以免对苏联的国家利益产生难以估量的消极影响。

就在这时候，台海危机中又发生了另一件事情。1958年9月24日，解放军空军与国民党空军在浙江温州地区发生了一场空战。空战中，国民党空军发射了几枚美国"响尾蛇"空对空导弹，这是当时最先进的空对空导弹，其中一枚坠地未爆炸，被解放军得到。苏联军事顾问得知消息后报告了莫斯科，此事立即引起苏联军方的极大兴趣。苏方几次索要，中方开始不予理睬，后来又说正在研究这枚导弹，不能提供。这个答复使赫鲁晓夫非常气愤。几个月后，当中国向苏方转交这枚已经拆卸多次的"响尾蛇"导弹时，苏方研究人员发现其中缺少了一个关键性部件：红外线传感器。在苏联人看来，这个部件或许已经丢失，或许是中方有意扣留。这几件事情极大地伤害了赫鲁晓夫的个人感情，他认为中苏关系已经出现了深深的裂痕，中方的做法直接损害了苏联的利益，既然如此，苏方就要重新审视与中方的关系。

赫鲁晓夫决定拒绝向中国提供本应交付的研制"P12型"中程弹道导弹的资料，还通过苏联顾问表示了对中方做法的不满。赫鲁晓夫在后来回忆时常常提到这件事。性格外向的赫鲁晓夫甚至后悔与中国签订了援助中国核武器研制的协定。冷静下来后，赫鲁晓夫与中型机械工业部部长斯拉夫斯基商议，决定可以将已经陈旧过时的"P12型"导弹等资料提供给中国，但"原子弹可得再考虑考虑"。尽管原子弹技术于中国而言已经不是秘密，但赫鲁晓夫认为中国人自己研制还需要很长时间，苏联是否继续提供援助，要看中

苏关系的变化,如果情况没有好转,"那他们掌握原子能技术还是越晚越好"。

情况还在进一步恶化。赫鲁晓夫在国际公开场合的讲话开始明显带有偏见和情绪。1959年6月20日,苏共中央致函中共中央,声称当时苏联与美国等西方国家正在日内瓦谈判关于禁止核武器试验的协议,如果西方国家获悉苏联在新技术方面援助中国,"有可能严重地破坏社会主义国家为争取和平、缓和国际紧张局势所做的努力"。信中提出,中断若干重要援助项目,两年以后看形势发展再说。其中特别提到不再提供原子弹教学模型和技术资料。从这时起,苏联对部分项目单方面终止执行《国防新技术协定》。

1959年3月,西藏反动集团发动武装叛乱,企图把西藏从中国分裂出去。印度当局对西藏民族分裂势力采取支持态度,同时,印度政府蓄意向中国挑起边境争端,制造边境紧张局势,使中印关系严重恶化。

1959年3月22日,即我国平息西藏反动集团在拉萨发动的武装叛乱当天,印度总理尼赫鲁正式给中国总理周恩来写信,提出了大片领土要求。印度当局的无理要求遭到中国政府的拒绝后,悍然使用武力单方面改变已形成的边界状况,不断制造流血事件。1959年4月25日,在中印边界东段,印度派兵越过"麦克马洪线",侵占了该线以北的朗久；4月28日，侵占了塔马墩；8月13日，侵占了兼则马尼（沙则），并在这些地区建立了哨所。8月25日，印军公然向中国驻朗久附近的工作队开枪射击，印军的挑衅遭到我方还击。

在中印边界冲突上，苏联政府不顾中国提供的事实，授权塔斯社于9月9日公开发表关于中印边界事件的声明，有意偏袒印度，把中苏分歧公诸于世，这引起了中国的愤怒。

1959年9月，赫鲁晓夫在联合国大会上的讲话，以及参加中国国庆招待会时，都影射攻击中国是"好斗的公鸡"。这些都表明，苏联有意使两国两党之间的分歧公开化。苏联在国防尖端技术上对中国的限制更多了，许多答应给的技术资料和样品都拖延不给。一些专家顾问的态度，也有了很大的变化。他们采取措施，对中国技术人员接触苏联技术资料严加限制，给中方科技人员的研究工作带来极大不便。

1960年6月24日-26日，彭真率中共代表团参加在布加勒斯特举行的社会主义国家共产党和工人党代表会议，就当时国际局势中的迫切问题交换意见。会上，苏共代表团突然散发苏共中央致中共中央的通知书，对中共进行全面攻击。会议中，赫鲁晓夫又带头对中共代表团进行围攻，中苏两党代表团在会上发生了尖锐的意见冲突并进行了激烈的交锋。这次交锋其实是中苏两党关系逐渐恶化的一

次爆发。赫鲁晓夫为施加压力，于同年7月16日以政府名义突然通知中国，单方面决定撤走在华全部专家，并违反合同停止供应许多建设项目的设备。7月25日，没等中国政府答复，苏方又通知中国政府，自7月28日—9月1日将撤回全部在华专家1390人。7月31日，中国外交部回复苏联政府，希望苏联政府重新考虑并改变召回苏联专家的决定。但苏方无视中方的抗议和力争，最终还是撤回了在华的全部专家，中苏关系彻底破裂。

苏联这一背信弃义的行为，发生在中国经济遇到前所未有的困难时期。消息传到北戴河中央工作会议上时，毛泽东以他特有的气魄说："要下决心搞尖端技术。赫鲁晓夫不给我们尖端技术，极好！如果给了，这个账是很难还的。"

对援助中国有过特殊贡献，又对中国发展有过最大阻碍行为的赫鲁晓夫，中方该如何看待他呢？有些文章把赫鲁晓夫说成是一个粗鲁没修养的人，有的更是用粗俗的语言攻击他，这是不正确的。听听长期为毛泽东担任翻译的师哲对赫鲁晓夫的描述：

> 赫鲁晓夫是苏联历史上的一位重要政治家。他虽然外表粗俗，但颇为精明，绝不像某些人所描绘的那样，只是一个不讲原则、不动脑子、不深入思考问题的混蛋。

（师哲《在历史巨人身边》，中央文献出版社1995年版）

毛泽东对他的评价是中肯的：赫鲁晓夫有胆量。不过这个人也能捅娄子，可能日子不大好过，是多灾多难的。

（李越然《中苏外交亲历记》，世界知识出版社 2001 年版）

新华社原社长吴冷西对赫鲁晓夫也有描述：

赫鲁晓夫也把这种政治变脸术运用到了苏中关系上。当他需要得到中国的支持时，他对发展中苏关系表现出极大的热情。1957年毛泽东访苏时，他亲自指挥安排毛泽东的生活起居。为了能使客人满意，他甚至亲自蹲到为毛泽东准备的马桶上试一试感觉是否舒服。当他认为中国的声音对他已经可有可无的时候，便翻脸无情，撤专家、撕合同、施压力，直至在公开场合破口大骂。对赫鲁晓夫的翻云覆雨，毛泽东曾经说过：至于中苏关系，就是时好时坏，反复无常，1954年还比较好，1956年就不行了，就是这么反反复复，不好相处。他和我们签订了原子技术合作协定，他突然单方面撕毁了。就是说，他想怎么干就怎么干，不讲什么条约、协议，是很难信赖的人。

（吴冷西《十年论战（上）》，中央文献出版社 1999 年版）

赫鲁晓夫的政治传记作者罗伊·麦德维杰夫曾就苏联召回全部在华专家一事评论说，这个匆忙的决定"在许多方面系因赫鲁晓

夫的恼怒使然。分歧尚未达到有理由撤回全部苏联专家的地步"。（罗伊·麦德维杰夫《赫鲁晓夫的政治生涯》，社会科学文献出版社1991年版）

对于中苏关系的恶化，曾任苏共中央政治局委员、苏共中央书记亚·尼·雅科夫列夫写道："在歌曲、标语和发言中被颂扬备至的苏中友谊由于蹩脚的苏联政治家的过错终于崩溃，而这一崩溃延续了许多年之久。"（亚·尼·雅科夫列夫《一杯苦酒》，新华出版社1999年版）

苏联著名汉学家、外交部副部长费德林在回忆赫鲁晓夫1958年的北京之行时也说过："令人痛心的是，赫鲁晓夫的北京之行不仅没有弥合苏中之间已经形成的裂痕，相反，从那时起标志着两国关系更加紧张，分歧进一步扩大。当年曾经芬芳扑鼻盛开友谊之花的两国人民友好同盟，顷刻间变成镜中花，水中月。"（尼·费德林《我所接触的中苏领导人》，新华出版社1995年版）

### 阿尔希波夫谈中苏分裂

中苏分裂，亲者痛仇者快，作为一名苏联的高级官员，曾经的苏联援华总顾问阿尔希波夫是如何看待这个问题的呢？

中共情报专家阎宝航之子，曾任第七届全国政协副主席、中共中央书记处书记、中共中央统战部部长的阎明复于1957年起担任中共中央办公厅翻译组组长，主要给毛泽东担任翻译，是那个历史时期的见证人。对此，他写了长篇回忆录。现将他对阿尔希波夫的采访摘录于下：

1995年夏，我受邓小平的女儿毛毛的委托，到莫斯科有关档案馆查找20世纪20年代邓小平在苏联学习期间的档案材料。苏联解体后各档案馆的档案都公开了，在俄罗斯驻华大使罗高寿和俄外交部的协助下，我们找到了不少材料。在莫斯科逗留期间，我多次去看望阿尔希波夫。我请他回顾了中苏关系发展中的一些问题，特别是他如何看待中苏关系恶化的原因。在他的同意下，我作了记录，有几次谈话还录了音。

以下是阿尔希波夫的谈话记录：

20世纪50年代末、60年代期间，苏联同中国的关系恶化后，我的处境相当险恶。赫鲁晓夫不信任我，我是苏共中央主席团委员，但是有些会议却不让我参加。当时我主管同亚洲国家的经济合作，同这些国家的关系密切，他们又不能不用我。勃列日涅夫时期我的处境好一些，因为在30年代，我同他在第聂伯罗彼得罗夫斯克一起工作，我向他建议采取积极态度改善苏中关系，他既不赞同，也不否定。后来发生了珍宝岛事件，

苏中关系正常化当时已无可能。1982年11月勃列日涅夫逝世后，安德罗波夫继任，我向他建议改善苏中关系，他肯定了我的意见，但可惜不久他也逝世了。1984年2月契尔年科当选为苏共中央总书记，他接受了我的建议，决定派我访华，以了解中国对苏中关系正常化的看法并推动双方关系的改善。苏联外交部照会中国外交部说，阿尔希波夫希望作为苏联大使的客人访华。中国外交部回答说，阿尔希波夫是中国的老朋友，欢迎他以苏联部长会议第一副主席的身份率领苏联政府代表团访华。听到这个消息我喜出望外，中国同志没有忘记我这个老朋友。同年12月，我终于再次来到阔别已久的北京，会见了我的老朋友陈云、彭真、万里、薄一波，同姚依林副总理进行了正式会谈，签订了一系列经济合作协议，为苏中关系正常化迈出了一大步，特别是同老朋友的会见，更加坚定了我对改善两国关系的信心。戈尔巴乔夫当政后，两国关系有了进一步的改善。1989年他为了准备访华并同邓小平主席会谈，委托我牵头组织当年同中国事务有关的专家，包括外交部、苏共中央联络部、远东所的学者等，专门研究苏中关系恶化的原因、后果和改善关系的建议。在讨论中，我谈了一些情况和看法。

第一，根据两国的协议，苏联帮助中国建立了飞机、坦克、火炮和无线电工厂，提供了当时最现代化的仪器和设备、先进的军械样品，如飞机、坦克等。我们还帮助中国建立了生产潜艇的工厂和相应的基地。对苏联提供的设备，中国是用易货方式支付的，军工技术是用优惠贷款支付的。中国向苏联提供了某些战略物资，如锡、锡精矿和钨精矿等。中国还向苏联提供了大量的日用消费品。

苏中双方对于执行各自承担的义务都非常严肃认真。例如，1951年苏联企业向中国供货严重拖欠。我报告了斯大林。之后采取了严厉措施，撤了十来名部长和副部长的职。此后，严格执行对中国的供货协议便成了不可违反的法律。中国对于履行自己的义务也是持这种态度。这可以举一例说明。50年代，苏联缺少可兑换的外币，我们请求中国用外币支付一部分货款。中国每年向我们支付1亿至1.2亿美元，这笔钱主要来自国外的侨汇。1959年至1960年，中国侨汇情况严重复杂化，便向我们提供黄金，由我们拿到国际市场出售，从而弥补了苏联外汇的不足。这些事实都证明双方合作是如何密切，它对双方又是何等重要。

第二，谈谈联合舰队问题。我们并未提出联合舰队这一特殊任务，然而，1958年赫鲁晓夫不得不为此问题专程前往北

京。尤金大使报告说，毛泽东表示："由于发生一些极为重要的问题需要讨论，他本人愿意同中共中央政治局委员去莫斯科。但是，现在他因健康状况无法成行。"收到这份情况报告后，赫鲁晓夫决定最好由他本人访华，时间定为1958年7月底到8月初。代表团成员有苏联海军参谋长、我及其他同志。

应当指出，在此之前，中国领导人就已决定在华南地区建立一座大型无线电台。我们对该电台有兴趣，因为它不仅可以使我们能够向亚洲一些邻国进行广播，而且能够同我们的太平洋舰队保持无线电联系。当时尤金大使在莫斯科，他见了赫鲁晓夫。在谈话中他得到指示：同毛泽东和周恩来接触时，可以问问能否共同建设和使用上述无线电台，同时，询问一下苏联潜艇能否进入中国港口并在其中停泊。根据各种情况来看，尤金未能完全正确领会给予他的指示，而向毛泽东转达成：我们对于利用中国的军港感兴趣。毛泽东把这种提法理解成是带有侮辱性的，是对中国独立、主权的侵犯。正因为如此，毛泽东才像上面所说的他本人要去莫斯科亲自澄清已经积累起的严重问题；也正因为如此，赫鲁晓夫也才不得不前往北京。

赫鲁晓夫在同毛泽东会谈中，很快就澄清了关于苏联潜艇进入中国港湾的问题。赫鲁晓夫说，苏联大使把领导请他转达的指示理解错了。尤金本来身体就欠佳，不时患病，听到赫鲁晓夫讲这番话时，心脏病发作，好不容易才将他活着送回苏联。此后，他再也未能回到中国，他的大使职务实际上也就到此结束了。

至于说无线电台问题，苏方在会谈中的立场是：因为我们想利用该电台，所以愿意支付电台设备费用的50%，以换取在10年中使用该电台的权利。曾经设想，苏联专家同中国专家在电台里一起工作。中国拒绝了这个方案。声称：中苏关系是极其密切的兄弟般的关系，既然如此，中国人不想小里小气，如果苏方想使用，中方准备无偿地提供给你们使用的权利。稍后，中国人的确建成了这座无线电台，而苏联确实也使用过一段时间。后来，苏中关系恶化了，我们自然也就停止使用了。

第三，关于和平共处问题的严重分歧。在1958年夏天的会谈中，和平共处成为主要问题。赫鲁晓夫提出和平共处问题是苏联对外政策的基础，请求毛泽东对此立场予以赞同和支持。毛泽东十分明确地对这一方针作出了否定的反应。他说，把和平共处作为社会主义国家对帝国主义政策的总路线是没有根据的。帝国主义将继续推行其颠覆社会主义国家的路线。赫鲁晓夫指出，鉴于当前已经出现了核武器，如果发生冲突就会导致

巨大灾难,所以和平共处是一个原则性的立场。他几次重复这个论点,说话时显得急切而冲动,令人感到毛泽东的态度已经使他按捺不住了。

与此相反,毛泽东则显得冷静,不动声色。毛泽东重复了他在1957年莫斯科会议上论述的关于核武器是纸老虎,如果帝国主义发动反对社会主义国家的新的世界大战,帝国主义将被彻底打倒。对此,赫鲁晓夫反应非常激烈。他说:你怎么能这么轻松地作这样的假定呢!我们在战争中牺牲了2 000万人,我们懂得这意味着什么。你不了解什么是核武器,而我了解,我看到了核武器的实际应用。毛泽东回答说:核武器是个纸老虎。总之,双方围绕和平共处问题的谈话进行得非常尖锐、紧张,双方没有取得共识。

第四,关于中国制造原子弹问题。从原则上来说,这个问题成了造成苏中分歧的重要原因之一。1955年,双方签订了关于苏联协助中国制造原子反应堆以用于和平目的(发电)的协议。这项协议在很短时期内就实现了。中国建起了一座试验性工业核反应堆和相应的研究所,该研究所安装了当时最现代化的苏联设备,有最优秀的苏联专家在那里工作,并将有关的科技资料与技术文献交给了中方。中国付清了建设研究所的一切款项。1957年，中国提出要求苏联提供生产原子弹所需物质的技术。经过多次会谈，苏方终于让步了，在中国开始建设加工铀矿石的工厂。1958年，正当此项工程业已铺开的关头，建厂工作被停止了，设备供应也停止下来。参加项目的苏联专家无事可做。甚至连中方已付清货款的设备也不供应了。问题在于，恰恰在这个时候，苏联政府提出了禁止生产和试验核武器的倡议。苏方请中国支持这个倡议，然而中国一直未予答复。1959年，用于核项目的设备供货完全中断了。

在此以后，中国专家利用苏方的图纸与设备继续自己研制原子弹。中国人很快就建立起以钱学森为首的科研所，从各高等院校最有才华的青年中挑选出上千名各行业的人才到该所工作。钱学森访问过苏联，讲过学，听过他讲座的苏联专家反映，他的专业水平非常高。苏联专家从他那里学到不少知识。在钱学森和其他中国专家的努力下，中国的核工业有了长足的发展，到60年代中期就生产出核武器。总之，原子弹事件对于双边关系产生了极其令人痛心的消极影响。可以说，正是从此开始，中国人失去了对苏联的信任。

第五，撤走苏联专家是另一个对双方关系产生消极影响的事件。苏联专家对于新中国的建设发挥了巨大作用。中国的每

个部委都有苏联顾问组,由总顾问领导。总顾问通常是由在苏联最有权威的人担任,往往是副部长或部务会议成员。在中国工厂里,仿照苏联的做法,都建立了工程师室和科研所,其中也有苏联专家工作。在中国工作的苏联专家人数逐渐增加。苏联专家受到中国同志的充分信任。……还可以举出一个例子来说明当时彼此间的信任程度。1950年,根据中国同志的提议,我有时出席中国政府的会议。1951年我奉召回国,向斯大林汇报苏中合作协议执行的情况。在谈话中,斯大林对我说:看来,你不必参加中国政府的会议,因为"这会使中国人难堪,一个受过压迫的民族对这类事是非常敏感的"。回到北京以后,我未再出席中国政府的会议,但中国同志还是继续发给我政府会议的文件……

撤走专家是我们方面施加的压力,是对中国人桀骜不驯的一种惩罚。

撤走专家是苏共中央首先提出的,也是其下令撤走专家的。赫鲁晓夫要求一周内撤完专家。为此,成立了由下属人员组成的特别委员会:外交部副部长普希金、国家经济委员会第一副主席阿尔希波夫、铁道部长和航空部长等。当时,在华专家大约1300人,加上他们的家属,将近5000人,他们分散在中国各地。撤退用了一个月。

这种火速撤专家的做法，遭到世界的消极评论。当然，尤其受到中国方面非常不好的反应。我们撤走专家的主要理由是说我们当时自己国家迫切需要这些专家。中国人说他们理解我们的问题，但他们请求推迟撤退。例如，周恩来就曾要求推迟一年、一年半或两三年撤走专家。然而我们未予同意。

撤走专家还只是局部问题，我们采取的其他一些措施要比这严重多了。1958年，我们提议中国人重新审定同我们签订的全部协议。1958年的贸易总额（按当时兑换价计算）为1.8亿卢布。重新审定协议的结果，1959年贸易额降低35%。我们停止了向那些在建工厂提供设备。1960年由我和外贸部副部长库梅金组成的代表团赴华，访华的目的是撤销同中国人已经签订的合同。这样，我们就采取了国际惯例上没有先例的行动，因为只有特殊情况如爆发战争，才能终止国家间签署的协议。1961年，我方主动撤销了先前商定的合作项目。此后，我们只是向一些尚未建成的项目补足了设备，其总量不超过原定水平的1%-2%。原则上讲，在这种情况下中国人可以向我们提出巨额索赔，向国际仲裁法庭提起诉讼。但是他们并没有这样做。

1961年周恩来在谈话中讲："过去的事就让它过去吧，我们大

家都不要打官司，不要索赔，不要向仲裁法庭告状。"实际上，在中国同外部世界完全没有接触的情况下，中国同苏联间的联系大大减少，当然给中国的经济带来沉重的打击。

周恩来提议我可以参观中国的任何一家工厂，由我自己挑选，但是有一个条件，就是不要我们的使馆人员陪同。我表示愿意看一看一些国防工业企业。我特别参观了用苏式现代化设备装备的成都飞机制造厂。工厂维护得很好，但令人瞩目的是车间里很少有人，实际上连一点金属切削屑都没有看见。问起这是为什么时，厂领导人回答说，因为缺少原材料（过去是由苏联供应的）。工厂只开工一班。其实，连这一班也不用开，这是为了我来参观，特意安排，找一些工人来上班的。

这只是举一个例子，说明我们缩小合作后，中国人承受了何种困难。总的来说，可以同意中国人的说法：是我们苏联人最先把意识形态的分歧扩大到了国家关系上。在中断对中国的联系上，赫鲁晓夫的逻辑是与中断同阿尔巴尼亚的联系的逻辑是一模一样的。所有这一切事件，都为双方关系增加了强烈的不信任因素。

（阎明复《听阿尔希波夫谈中苏关系》，《百年潮》2007年第11期）

### 真诚的朋友

亚历山大·洛马诺维奇·格卢沙科夫海军少将是俄罗斯海军一级舰长，也是苏联导弹领域的科学副博士、副教授。1958年，格卢沙科夫被派到哈尔滨军事工程学院刚具雏形的导弹工程系工作，同时兼任哈军工苏联专家组组长。

格卢沙科夫1921年7月17日出生于白俄罗斯戈麦尔州，1939年考入塞瓦斯托波尔市列宁共青团海军学校。1941年6月22日，纳粹德国对苏联不宣而战。格卢沙科夫中士被任命为军校"学生独立营"机枪排排长，开始了自己的战争生涯。1950年格卢沙科夫考入了"克雷洛夫海军造船和军械学院"，1958年完成了毕业论文《防空导弹和巡航导弹的控制系统》，获得副博士学位，留校任教并被授予少将军衔。1958年，格卢沙科夫被派到中国哈尔滨军事工程学院担任专家工作。在哈军工工作的几年里，他潜心教学，帮助中国培养导弹技术人才，与中国同志结下深厚的友谊。

1960年7月，赫鲁晓夫撕毁合同，下令撤走所有在华的苏联专家，格卢沙科夫作为哈军工苏联专家组组长兼党支部书记，受命组织专家撤离回国。虽然苏联政府对华态度有所改变，但格卢沙科夫对中国同志的态度并未改变，在行动上为哈军工的建设发展尽了自

己最后的努力。

苏联专家撤走前夕,在北京的苏联专家组织派负责保密工作的机要科长到哈尔滨军事工程学院坐镇,监督中苏双方机要文件的清点工作。在与中方共同清查苏联专家从苏联带来的机要材料时,格卢沙科夫仍尽量满足哈军工方面提出的需求,为中方留下学院所需要的一些材料。当时,学院政委谢有法提出装甲兵工程系的一大捆挂图是否可以留给哈军工时,格卢沙科夫二话没说,立即把资料移交给了中方。他还将自己以前写的《自动控制与遥控教学大纲》的材料签上名后,送给了谢有法政委。临回国前,格卢沙柯夫主动约见了周祖同教授,他对周教授说:"以前我对学校帮助太少,现在我有一本书送给您留念。"

在哈军工的苏联专家撤走的整个阶段,哈军工教员和翻译人员对苏联专家带来的保密材料进行复制和抄写,格卢沙科夫不仅没有反对和阻止,反而主动提出,对以前他从苏联带来的尚不完整的教学资料进行补充,力争给导弹工程系留下一个比较完整的资源。那天,格卢沙科夫向翻译何凌要了二十多张白纸,并说道:"过去有些材料没有画上说明图和表格,我要马上补上,有人打电话找我,你就说我不在,让我集中精力,像鼓满的风帆一样,全速前进!"他的行动为其他苏联专家做出了表率,为哈军工留下了宝贵的导弹教学材料。

8月15日，是格卢沙科夫离开哈军工回国的日子。14日，学院副政委李开湘和导弹工程系主任戴其萼单独宴请了格卢沙科夫全家。在宴席上，谈到这次撤离的时候，格卢沙科夫说："那是政府的事，我们是好朋友。"8月15日上午，格卢沙科夫即将前往哈尔滨火车站的时候，突然提出一个要求，要到哈军工院里，再一次地向哈军工告别。格卢沙科夫先到了哈军工的地标建筑文庙院内，最后一次凝视四周，然后朝着大殿高声告别道："再见了！希望我们可爱的学院发展得更快、更好！"院长刘居英对在哈军工工作过的苏联专家有过这样的评价："他们和赫鲁晓夫不一样，他们为我们哈军工立下了功劳。"

对格卢沙科夫来说，在哈尔滨军事工程学院工作是他一生中难以忘却的经历。回国后，只要一谈起过去，他都会高兴地谈起他在哈军工的那段岁月。2016年，在格卢沙科夫95周岁生日之际，塞瓦斯托波尔市电视台"人民频道"播出的专访中，还特别提到了格卢沙科夫作为专家来华工作的经历："在亚历山大·洛马诺维奇·格卢沙科夫从中尉到海军少将的人生经历中，除了二战中他的光辉战斗经历外，他还有一段特殊的经历也必须提到：他为中华人民共和国培训了大量导弹专业人才。"

图书在版编目（CIP）数据

风从东方来：20世纪50年代苏联援华156项目史话/欧阳敏著.—成都：四川少年儿童出版社，2019.8（2024.7重印）
ISBN 978-7-5365-9512-5

Ⅰ.①风… Ⅱ.①欧… Ⅲ.①纪实文学—中国—当代 Ⅳ.①I25

中国版本图书馆CIP数据核字(2019)第144510号

| 出 版 人 | 余 兰 |
|---|---|
| 封面题字 | 欧阳敏 |
| 组稿策划 | 高海潮 |
| 责任编辑 | 于 杰 |
| 封面设计 | 张 雪 |
| 责任校对 | 张舒平 |
| 责任印制 | 李 欣 |

# 风从东方来  FENG CONG DONGFANG LAI
### 20世纪50年代苏联援华156项目史话

| 作 者 | 欧阳敏 |
|---|---|
| 出 版 | 四川少年儿童出版社 |
| 地 址 | 成都市锦江区三色路238号 |
| 网 址 | http://www.sccph.com.cn |
| 网 店 | http://scsnetcbs.tmall.com |
| 经 销 | 新华书店 |
| 印 刷 | 四川华龙印务有限公司 |
| 排 版 | 喜唐平面设计工作室 |
| 成品尺寸 | 235mm×165mm |
| 开 本 | 16 |
| 印 张 | 17.75 |
| 字 数 | 350千 |
| 版 次 | 2020年1月第1版 |
| 印 次 | 2024年7月第11次印刷 |
| 书 号 | ISBN 978-7-5365-9512-5 |
| 定 价 | 38.00元 |

版权所有，翻印必究；未经许可，不得转载